东坡语文

王文正 著

浙江教育出版社·杭州

图书在版编目（CIP）数据

东坡语文 / 王文正著. -- 杭州：浙江教育出版社，2024.3
ISBN 978-7-5722-7289-9

Ⅰ.①东… Ⅱ.①王… Ⅲ.①苏轼（1036-1101）—文学欣赏—通俗读物 Ⅳ.①I206.2-49

中国国家版本馆CIP数据核字(2024)第027609号

装帧设计　申屠家杰
图文制作　杭州浙信文化传播有限公司

东坡语文
DONGPO YUWEN

王文正 著

责任编辑	胡凯莉	美术编辑	韩　波
责任校对	刘姗姗	责任印务	吴梦菁

出　　版　浙江教育出版社
　　　　　（杭州市天目山路40号　电话:0571-85170300-80928）
印　　刷　浙江新华印刷技术有限公司
开　　本　710mm×1000mm　1/16
印　　张　18.5
字　　数　370 000
版　　次　2024年3月第1版
印　　次　2024年3月第1次印刷
标准书号　ISBN 978-7-5722-7289-9
定　　价　68.00元

如发现印装质量问题,影响阅读,请与承印厂联系调换。
电话:0571-85164359

前　言

30多年前一个初夏的夜晚,我独自守着农村家里新修的房子,翻阅着一份叫作《语文报》的课外读物。那时候没有手机,没有电视,连课外书也少得可怜,如果能得到一点教科书之外带有文字的东西,我就如获至宝,常常从头到尾、翻来覆去地阅读。那时村里刚刚通电不久,电力供应并不稳定,停电是常有的事。那个夜晚停电了,我点着油灯,一个人在安静的夜里翻阅着报纸。对一个生长于农村的孩子来说,这是一种全新的体验。

就在那个夜晚,我在这份报纸上读到了一则轶事:

> 东坡在玉堂日,有幕士善歌。因问:"我词何如柳七?"对曰:"柳郎中词,只合十七八女郎,执红牙板,歌'杨柳岸,晓风残月';学士词,须关西大汉,铜琵琶,铁绰板,唱'大江东去'。"

这短短的几句话就像一束光,一下子照亮了整个暗黑的屋宇,也照进了我少年时代感性的心灵:原来可以这么比喻诗词，原来诗词可以像一个温婉的女郎，又可以像一个大胡子的叔叔！

我人生中学习的第一首宋词，就是苏东坡的《念奴娇·赤壁怀古》，那是在我开蒙之时，由喜欢诗词的父亲教给我的。直到初中一、二年级，我才在课外阅读中接触到李煜、柳永的词，其中就包括柳永的《雨霖铃（寒蝉凄切）》。尽管那时我还不知道宋词史上关于婉约派与豪放派的划分，但通过这则轶事，我已知道了"十七八岁女郎"与"关西大汉"这两个比"婉约"与"豪放"更形象、更有画面即视感的比喻。

说到底，文学，不就是一个又一个的比喻吗？

我无法确切地说，对语文的喜爱是因何开始的，但这则轶事的阅读体验一定是其中一个重要的因素。

生命的奇妙之处在于，少年时代种下的一颗种子，你不知道它会在什么时候生根、发芽。读到这则轶事的近30年后，我开始阅读并研究苏东坡。在宋人笔记中，在苏东坡的诗文中，我读到了大量关于苏东坡及其诗词歌赋、绘画书法的故事。这些类似"诗话""词话"的故事，不但拓展了我的视野，增强了我对诗文的理解，更为重要的是，它们共同向我展示了苏东坡那鲜活丰满、多姿多彩的一生。

苏轼，字子瞻，由于在贬谪黄州时曾躬耕于东坡，而自号"东坡居士"，后人更多以"苏东坡"相称来表达对他的喜爱。苏东坡出生于北宋中期，去世于宋徽宗即位的第二年。他所生活的11世纪，是中国古代文化最为灿烂的一个时代，文学、绘画、书法、建筑、美学、哲学、史学都有了新的发展或者达到了新的高度，甚至成为此后难以逾越的高峰。这一时期除了苏东坡之外，还涌现了范仲淹、司马光、欧阳修、王安石、程颐、程颢、沈括等在中国文化史上占据重要地位的灿若星辰的人物。著名史学家陈寅恪先生因此说："华夏民族之文化，历数千载之演进，造极于赵宋之世。"

苏东坡在欧阳修去世之后成为当时的文坛领袖，黄庭坚、秦观、张耒、晁补之、陈师道、李廌等人都以他为中心，受他的指导和启发进行文学创作。诗歌方面，苏东坡是宋诗范式的创立者，与黄庭坚并称"苏黄"；词作方面，苏东坡指出向上一路，打破了传统婉约词独占鳌头的局面，是豪放派的开创者；散文方面，苏东坡的作品汪洋浩渺，横无际涯，有"苏海"之称；书法方面，苏东坡、黄庭坚、米芾、蔡襄被称为"宋四家"，苏东坡的《寒食帖》被称为"天下第三行书"；绘画方面，苏东坡与文同等人形成"湖州画派"，他本人还开创了文人画的先河。此外，他的一些文艺批评、艺术创作理论，至今还被奉为圭臬。

苏东坡是我国文化史上一位罕见的全才。他在长达40多年的创作生涯中，为后世留下了2700多首诗、300多首词和4800多篇散文作品，其数量之大令人惊叹，其质量之高代表了北宋文学的最高成就。作为一个官员，苏东坡仕途多舛，几次起落，他一生宦游各地，凤翔、杭州、密州、徐州、湖州、登州、颍州、扬州、定州都是他曾为官的地方，而黄州、惠州、儋州则是他著名的三个贬所。在宦游奔波的途中，他多次经过苏州、润州、金陵、常州等地，最终在北归途中去世于常州。

40多年时间,几乎遍及大宋江山的宦途足迹,包罗万象的诗词文赋,是支撑这本《东坡语文》的雄厚背景。本书之"语文",取"语言文学"以及与之相关的延伸之意,与学校教材之"语文",既有联系,又有区别。拓展知识点和文化视野,当然是本书的重要宗旨,但笔者更注重的是讲述这些"语文"背后的故事,以及故事所折射的时代背景、所表现的人生况味。

为便于读者的理解,笔者力求点明每一则"语文"故事发生的时间和地点,并大致按故事发生时间的先后顺序进行编排,力图比较清晰地反映苏东坡一生的轨迹。

目 录 CONTENTS

001 / 出人头地
005 / 风雨对床
008 / 雪泥鸿爪
011 / 诗中有画，画中有诗
015 / 字怼王安石
020 / 西湖的"形象大使"
023 / "六一泉"的由来
027 / 白居易笔下的天竺寺究竟在哪里？
030 / 金笼放雪衣
033 / 陌上花开

037 / 簪花风流
043 / 八月十八潮，壮观天下无
047 / 向张先学作词
051 / 三生石上旧精魂
055 / 六客之会
059 / 佳人相问苦相猜
064 / 多景楼中酒一樽
067 / 尖叉诗韵
072 / 悼念亡妻
076 / 密州出猎

079 /	把酒问月
084 /	薄薄酒,胜茶汤
087 /	燕子楼空,佳人何在?
091 /	敲门试问野人家
095 /	太白之乐
098 /	不逐春风上下狂
101 /	胸有成竹
105 /	乌台诗案
110 /	何人把酒慰深幽?
114 /	人似秋鸿来有信
117 /	河东狮吼
121 /	"明日黄花"还是"昨日黄花"?
124 /	"东坡"的由来
128 /	苏东坡写广告
130 /	口吃诗
132 /	一蓑烟雨任平生
136 /	大江东去
141 /	赤壁两赋
147 /	长恨此身非我有
152 /	满城风雨近重阳

目录

156 / 海棠虽好不吟诗
160 / 庐山诗案
164 / 夜游石钟山
167 / 如梦令
169 / 张氏园与醉醒石
172 / 八风吹不动,一屁过江来
175 / 佛印烧猪待子瞻
177 / 东坡金山留玉带
180 / 一生聪明要作甚么
183 / 子瞻帽

186 / 此心安处是吾乡
189 / 阳关还是渭城?
192 / 写物之功
196 / 不害为达
199 / 换羊书
202 / 四学士与六君子
205 / 四诗风雅颂
207 / "避孔子塔"
211 / 鳌糟陂里叔孙通
215 / 这回还了相思债

219 / 谁记琴操一段情
224 / 宽赦醉鬼才子
226 / 捉弄大通禅师
229 / 芳心千重似束
233 / 三分是诗,七分是读
236 / 秋月令人凄惨,春月令人和悦
239 / "山色有无中",是因为近视吗?
242 / 不辞长作岭南人
245 / 化为乌有一先生
248 / 卓契顺万里传书

251 / 惟有朝云能识我
256 / 春梦婆
259 / 海南从此"破天荒"
263 / 东坡制墨
267 / 东坡和陶
272 / 天容海色本澄清
274 / 曾见南迁几个回?
276 / 吃"玉版"
279 / 一笑泯恩仇
283 / 东坡之死

出人头地

一

宋仁宗嘉祐二年（1057），在京城开封举行的礼部考试，是中国历史上非常著名的一次考试。这一年，22岁的苏东坡和19岁的弟弟苏辙一起参加了这次考试，双双高中，成为文坛佳话。

这次礼部的考试，主考官是礼部侍郎、翰林侍读学士，后来被列为"唐宋八大家"的欧阳修。

欧阳修是当时的文坛领袖，非常厌恶文坛盛行的矫揉造作、内容空虚的文风，为此他发起了诗文革新运动，打击这种流风积弊。当然，他知道，改变这种文风的最好办法，就是在科举考试时发挥"高考指挥棒"的作用，树立新的评文标准。这次负责礼部考试，欧阳修便下定决心，冲破阻力，利用选拔人才的机会树立新的文风。他明确规定，应试文章必须言之有物，平易流畅；奇险艰涩、空洞浮华的文章，一律不予录取。

苏东坡、苏辙兄弟在家读书时，父亲苏洵就指导他们学习先秦、两汉的古文和韩愈、柳宗元的文章，注重内容的充实、感情的真挚和文风的质朴流畅。因此，这次应考对他俩来说是正当其时。

礼部属于尚书省，因此其举办的会试又称省试。考试的科目为：诗、赋、论各一篇，策五道。其中策与论考的是治国之实学，诗与赋考的是辞章之优美，前者决定去留，后者分出高下。

论题考的是《刑赏忠厚之至论》。苏东坡仅用600余字就阐明了他以仁治国的理想。他指出，为政者应"以君子长者之道待天下"，一方面，必须赏罚分明；另一方面，又需要做到立法严而责人宽："可以赏，可以无赏，赏之过乎仁；可以罚，可以无罚，罚之过乎义。过乎仁，不失为君子；过乎义，则流而入于忍人。"

作完文章后，苏东坡走出考场，他不会想到，这一篇应试之作，会在600多年后被选入《古文观止》，成为士林的"通用教材"。

按宋代考试法规，为了防止舞弊，试卷收齐后，先由办事人员登记在册，誊抄一遍，再呈交考官评阅。誊抄之后的试卷，略去了原作者的姓名。在考生出考场之前，考官就已经进入试院，与外界隔绝，直到阅卷完毕才能出来。

苏东坡的这篇应试文章，是由国子监直讲、本次考试的详定

陈少梅　东坡像

官梅尧臣最先读到的。他对此文大加激赏,立即呈荐给主考官欧阳修。欧阳修读到后,又惊又喜,深觉文章既阐发了儒家的仁爱思想,富有个人见解,又语意敦厚,笔力质朴稳健,颇有古文大家的风采。本想评为第一,名列榜首,但是转念一想:这样出色的文章,除了自己门下弟子曾巩之外,恐怕不会有第二个人能写出来。如果把曾巩取为第一,岂不是有徇私舞弊的嫌疑吗?于是他为了避嫌忍痛割爱,使该文屈居第二。

接下来的礼部复试,苏轼以"春秋对义"获得第一。三月,苏东坡兄弟参加殿试,宋仁宗亲临崇政殿主持策问,兄弟二人同科进士及第。

苏东坡初出茅庐即暴得大名,自然离不开欧阳修、梅尧臣的奖掖与赏识。进士及第后,他按照惯例分别致信感谢各位考官。

在给欧阳修的《谢欧阳内翰书》中,苏东坡表达了他对文体演变途径的认识:

> 自昔五代之余,文教衰落,风俗靡靡,日以涂地。圣上慨然太息,思有以澄其源,疏其流,明诏天下,晓谕厥旨。于是招来雄俊魁伟、敦厚朴直之士,罢去浮巧轻媚、丛错采绣之文,将以追两汉之余,而渐复三代之故。

这番话,与欧阳修力矫时弊、重振文风的思路完全吻合。欧阳修接到此信后,兴奋地拿给梅尧臣看,慨然道:"读轼书,不觉汗出,快哉,快哉!老夫当避路,放他出一头地。"

这句话的意思是:我读了苏东坡的书信后,不知不觉汗都流出来了,痛快!痛快!我应该把文坛之路让开,让他超出众人的才华显露出来！这就是"出人头地"这一成语的来历。

从此，苏东坡对欧阳修以弟子自称，两人结下了绵延几代人的亲密情谊。

有一次，在谈话之间，欧阳修问苏东坡："你那篇《刑赏忠厚之至论》中说，远古尧帝的时候，皋陶为司法官，有个人犯罪，皋陶三次提出要杀他，尧帝三次赦免他。这个故事出自哪里？"欧阳修博览群书，博闻强记，却对此典故没有印象，心中纳闷多日，于是不耻下问，希望苏东坡告知。

东坡说："曹操灭了袁绍，将袁绍美貌的儿媳妇赏赐给了儿子曹丕。孔融对此不满，说：'当年武王伐纣，将商纣王的宠妃妲己赏赐给了周公。'曹操忙问此事见于哪本书上。孔融说：'并无所据，只不过以今天的事情来推测古代的情况，想当然罢了。'所以，学生我也是以尧帝为人的忠厚和皋陶执法的严格来推测，想当然耳。"

欧阳修一听，击节赞叹。事后，他多次与人谈起，说："此人可谓善读书、善用书，他日文章必独步天下！"又对儿子欧阳奕谈论起苏东坡的文章，说道："你要记着，再过三十年，文坛上说起文章之事，就没有人还会谈论我了。"

后来，苏东坡果然出人头地——在欧阳修去世之后，他成为文坛的领袖。

值得一提的是，在嘉祐二年的这一科中，除了苏东坡、苏辙兄弟外，还有同列"唐宋八大家"的曾巩，理学家张载、吕大均，未来熙宁变法的骨干吕惠卿、邓绾、林希、曾布、蒋之奇，保守派名臣朱光庭、梁焘等，这些灿若群星的人物影响了北宋后半期的历史走向，并在中国文化史上占据了重要的地位。

风雨对床

一

苏东坡、苏辙进士及第后不久,便回四川眉山服母丧三年,回到京城已是嘉祐五年(1060),朝廷分别授予兄弟二人福昌县主簿和渑池县主簿的官职,这是宋代官阶等级中最低的一级。然而,苏东坡和苏辙对这个任命坚辞不赴,他们选择了等待第二年的制科考试。

制科考试是只有皇上特诏才举行的考试,受试者需要由大臣推荐,受皇帝亲自策问与拔擢,是最为隆重的考试。在宋仁宗时,共有贤良方正科、直言极谏科等六科,称为"六科取士"。

为了应对这场命运攸关的考试,兄弟二人于嘉祐六年(1061)正月搬出了京师开封,到汴河南岸的怀远驿闭关读书。

在怀远驿,让兄弟二人一生难忘的,是"风雨对床"的约定。那时他们在此读书已经过了半年的光景,正是夏末秋初,暑热难当之际,兄弟俩挥汗如雨。忽然一阵秋风吹起,带来一阵凉意。苏辙年轻时身怯力弱,被秋风一激,便咳嗽

宋仁宗像

起来，于是起身寻找长衣披上。东坡正在读唐代诗人韦应物的诗集，恰好读到《示全真元常》一诗：

> 余辞郡符去，尔为外事牵。
> 宁知风雪夜，复此对床眠。
> 始话南池饮，更咏西楼篇。
> 无将一会易，岁月坐推迁。

"宁知风雪夜，复此对床眠。"这不正是兄弟二人此时的写照吗？苏东坡对景生情，想到兄弟俩此时拼命读书，一旦进入官场，便会身不由己，曾经那种两小无猜、诗书耕读的生活，便再也难有了，不禁伤感起来。兄弟俩于是相互约定：在求仕谋生之后，要及早从官场中退出，回归故乡，同听风雨，共寻旧梦！

这年八月，苏东坡、苏辙参加宋仁宗主持的制科考试。参加考试的一共四人，三个人被录取，分别是苏东坡、苏辙、王介。制科考试共分五等，第一、第二两等形同虚设，此前从来没有人获得过，只有吴育一个人获得过第三等。这次制科考试，苏东坡获第三等，是制科考试以来第二个获最高等的人。苏辙和王介获第四等。

不久，朝廷命下，录苏东坡为大理评事、签书凤翔府（今陕西凤翔）判官，苏辙为商州军事推官。

十一月，苏东坡赴任凤翔签判，苏辙一路相送，送到郑州。苏东坡在马上赋《辛丑十一月十九日既与子由别于郑州西门之外》诗送给苏辙，其中有几句说：

> 路人行歌居人乐，僮仆怪我苦凄恻。
>
> 亦知人生要有别，但恐岁月去飘忽。
>
> 寒灯相对记畴昔，夜雨何时听萧瑟。
>
> 君知此意不可忘，慎勿苦爱高官职。

人生一定会有分别的时候，只是怕岁月流逝得太快。千万不要一味地追求高官厚禄，忘记了风雨对床的约定。

苏东坡、苏辙进入仕途不久，宋神宗、王安石主导的熙宁变法就开始了。兄弟二人不可避免地陷入了纷乱的党争漩涡，在宦海中浮沉起伏。所以，夜雨相对听萧瑟的时光尽管短暂，却是兄弟二人温馨的精神家园。

很多年后，苏辙还"追感前约"，写《逍遥堂会宿》一诗纪念这一约定：

> 逍遥堂后千寻木，长送中宵风雨声。
>
> 误喜对床寻旧约，不知漂泊在彭城。

雪泥鸿爪

嘉祐六年（1061）十一月十九日黎明时分，郑州西门外，26岁的苏东坡与23岁的弟弟苏辙在此分手告别，从此踏上了各自的仕途。

这是兄弟二人在京城开封参加制科考试取得优异的成绩之后，第一次被授予官职：苏东坡为大理评事、签书凤翔府判官；苏辙为商州军事推官。苏东坡赴任凤翔签判，苏辙从开封一路相送，一直送到140里外的郑州。此时已是寒冬，几天前的一场大雪还没有化完。在凛冽的朔风中，兄弟俩在郑州西门外洒泪告别。

没过几天，苏东坡经过渑池时，收到了苏辙寄来的一首《怀渑池寄子瞻兄》诗：

相携话别郑原上，共道长途怕雪泥。

归骑还寻大梁陌，行人已渡古崤西。

曾为县吏民知否？旧宿僧房壁共题。

遥想独游佳味少，无言骓马但鸣嘶。

这首诗大意是说：我和你在郑州的原野上携手话别，担心你长途旅行会被大雪、泥水困扰。我在回来的路上，经过大梁县的小路时，想你应该已经过了古时崤山之西了吧？我曾被任命为渑池县的主簿，虽然没有赴任，却也曾算是这个县的县吏，不知道这里的百姓知道这回事不？而你应该经过此地，是否还记得我们在僧房的墙壁上题诗的旧事？我想你如今独自在旅途上，肯定没有什么乐趣，只能默默无言地听着马儿嘶鸣。

原来，五年前，兄弟二人赴京赶考，途经渑池，在一个名为"奉闲"的僧舍留宿时，他们在墙壁上各题了一首诗。苏辙想到东坡在赴任凤翔的路上，一定会再次路过渑池，便写诗提醒他。果然，苏东坡再次经过这里，并去当年住过的僧舍寻访旧迹，然而他却发现当年僧舍的老僧已离世，题诗的墙壁也已破败不堪。这一切，让苏东坡第一次深切地感受到时光的迁延不驻和人生的变幻无常，正如空中飞翔的鸿鸟，偶然在雪地上留下几个爪痕，不久就又各飞东西，了无踪影。感慨之下，他写了一首《和子由渑池怀旧》：

人生到处知何似，应似飞鸿踏雪泥。

泥上偶然留指爪，鸿飞那复计东西。

老僧已死成新塔，坏壁无由见旧题。

往日崎岖还记否，路长人困蹇驴嘶。

苏东坡通过诗作对苏辙说：人生在世，到这里，又到那里，偶然留下一些痕迹，你看像是什么？我看真像随处乱飞的鸿鹄，偶然在某处的雪地上落一落脚。它在这块雪地上留下一些爪印，是偶然的事，因为鸿鹄的飞东飞西根本就没有定数。老和尚已经去世，他留下的只有一座藏骨灰的新塔，我们也没有机会再到那儿去看看当年题过字的破壁了。老和尚的骨灰塔和我们的题壁，是不是同飞鸿在雪地上偶然留下的爪印差不多呢？你还记得当时往渑池的崎岖旅程吗？路又远，人又疲劳，驴子也累得直叫。

在东坡一生所写的数千首诗歌里，这是第一首广受好评且流传久远的诗作。这首诗的理趣主要体现在前四句上。苏东坡以神奇之笔将弟弟诗中"雪泥"这一意象点化，比喻往事遗留的痕迹，化实为虚，抒发了更为深长隽永的情思。在苏东坡看来，岁月不居，本自无常。人生在世，离合虽然无定，但所到过的地方和所经历过的事情毕竟留下了可供回忆的痕迹。

实际上，苏东坡这个比喻是化用《五灯会元》中天衣义怀禅师的话："雁过长空，影沉寒水，雁无遗踪之意，水无留影之心。"但苏东坡的比喻非常生动、深刻，在宋代即被人称道，并被作为他"长于譬喻"的例证之一。"雪泥鸿爪"这个成语也被后世广泛传诵，一直流传至今。

诗中有画,画中有诗

一

凤翔签判(相当于今天的市政府秘书长或办公室主任),是苏东坡从政之后的第一份工作。凤翔虽然只是一个"边城",但它乃秦之旧地,有名的古都,特别是与秦、唐有关的文物很多,有"凤翔八观"之说。这其中,最让苏东坡流连忘返的,就是唐代诗人王维和唐代画家吴道子的画作。

东坡一生,在文学领域,诗词文赋都有不朽的创作;在艺术领域,也是书画俱佳。他从小喜欢绘画,尤其喜欢唐代王维的山水画和"画圣"吴道子的作品。恰巧,凤翔的普门寺和开元寺藏有吴道子的画作;而开元寺里的东塔中,有着王维留下的真迹。苏东坡自然不会放过瞻仰前辈作品的机会。

吴道子画的各种佛像,运笔迅捷,气势酣畅,可以说是"笔落惊风雨",浩如海波翻,笔势还未到处,气势就先到了。而王维画中的佛家弟子,形容清瘦敦厚,气质清醇。王维还在佛门前画了两丛竹子,竹子枝干交错,叶片多而丛杂,然而由叶片到细枝再到粗干,一一可寻其脉络,似乱而

（唐）吴道子　八十七神仙图卷（局部）

实整,形散而神不散。

苏东坡对两位画家的作品叹赏不已。从性情上讲,东坡特别喜欢吴道子的雄劲奔放;而从审美趣味上,他又更推崇王维的诗画相通。

> 吴生虽妙绝,犹以画工论。
>
> 摩诘得之于象外,有如仙翮谢笼樊。
>
> 吾观二子皆神俊,又于维也敛衽无间言。
>
> ——苏轼《王维吴道子画》

苏东坡认为,吴道子虽然能够精妙地描绘事物的形态,但还只能看作技艺杰出的画工;而王维则能突破形似获得神韵,这才是艺术家的手笔。苏东坡完全被这两位艺术家所吸引,常常沿着寺庙的墙壁,独自观摩欣赏吴、王的画作,有时甚至直到深夜,才恋恋不舍地离去。

后来,东坡还多次评论吴道子和王维的画作。元丰八年(1085),东坡作《书吴道子画后》,说:

> 故诗至于杜子美,文至于韩退之,书至于颜鲁公,画至于吴道子,而古今之变,天下之能事毕矣。道子画人物,如以灯取影,逆来顺往,旁见侧出,横斜平直,各相乘除,得自然之数,不差毫末。出新意于法度之中,寄妙理于豪放之外,所谓游刃余地,运斤成风,盖古今一人而已。

而在《书摩诘蓝田烟雨图》中,东坡又写道:

> 味摩诘之诗,诗中有画;观摩诘之画,画中有诗。

"诗中有画,画中有诗",与"出新意于法度之中,寄妙理于豪放之外",都是苏东坡文艺批评的重要观点,也是他倡导的"士夫画"的重要特点。所谓"士夫画",就是由文化素养较高的文人、士大夫所绘之画。在明代,著名画家董其昌称之为"文人画",以有别于民间绘画和宫廷绘画。苏东坡则是有意识地倡导"士夫画""文人画"的第一人,其内在要求是画作标举士气、逸品,追求潇洒脱俗的笔墨情趣,强调神韵,有诗意。苏东坡的"文人画"理论对"文人画"体系形成起到了重要作用。

(唐)王维 雪溪图

字怼王安石

在苏东坡的仕途生涯中,王安石是影响他一生的对手。围绕着王安石及其追随者的变法措施,苏东坡在仕途上几度沉浮。不过,王安石同时也是著名的文学家,是"唐宋八大家"之一,在文学才华上,两人既惺惺相惜,又暗暗较劲。

熙宁二年(1069)王安石变法开始,其中一项措施是在进士考试之时,废除诗赋考试,专以经义论策试进士,同时分置学官,教育州县子弟。

在这项改革下,王安石还夹带私货,将自己所著的《三经新义》规定为学校的统一教材。他还写了一本《字说》,有24卷之多。对于这本书,他自己非常看重,称"平生精力,尽于此书"。然而这本书充满了穿凿附会、望文生义的解释,因此受到了苏东坡和其他士大夫的捉弄和嘲笑。

据传,王安石曾解释"坡"字说:"坡者,土之皮也。"

苏东坡听了,笑道:"滑者,水之骨也。"

意思是:如果土有皮的话,难道水还有骨头?

齐白石　东坡先生玩砚图

王安石又说:"'鲵'字从'鱼'从'儿',合为鱼子。四马为驷,天虫为蚕。古人制字,并不是没有意义的。"苏东坡便说道:"'鸠'这个字,从'九'从'鸟',也是有典故的。"王安石信以为真,便欣然请教。苏东坡笑道:"《诗经》中说:'鸣鸠在桑,其子七兮。'再连娘带爷,不恰好是九个吗?"

又传说,有人问王安石:"霸"字上面为什么要有个"西"字?

王安石回答说:因为"西"方属秋,主杀伐之气。

接着说了一大通理由。话还没说完,有人指出来了:"霸"字上面不是"西",是"雨"!

王安石赶紧改口:"该下雨的时候就下雨,你能说它没有霸气吗?"

王安石连对汉字的解释都如此霸道无理,也难怪他的政敌们挖空心思地来对付他。有一天,京师大相国寺里出现了一首题壁诗:

终岁荒芜湖浦焦,贫女戴笠落柘条。

阿侬去家京洛遥,惊心寇盗来攻剽。

这首诗传开去,大家都看懂了表面的意思:新法实行后,农民破产,田地终年荒芜,女人贫苦落魄,男人们离家流徙,还担心强盗来抢劫。

据说苏东坡窥出了诗中深藏的学问。他解读如下:

"终岁"是"十二月",这三个字摞在一起就是"青"字;土地"荒芜",自然是"田"上长"草",是个"苗"字;"湖浦焦",就是"水去"了,"水"加"去",是"法"字;"女戴笠"是"安"字;"落柘条"意思是"去木","柘"字去了"木"是"石"字;"阿侬"是吴地方言,"吴言"

是"误"字;"去家京洛遥",是"国"字,古代的诸侯国都不在京城;最后一句就是"扰民"之意。

这几个字连起来的意思就是:青苗法安石误国扰民!

到了后来,王安石从宰相位上退休,在金陵(今南京)赋闲。苏东坡也结束了谪居黄州的生活,两人在金陵见面,冰释前嫌,但在文字上斗嘴的习惯并没有改变。宋代的文人本来就喜欢斗嘴逞强,苏东坡更是恶搞派的鼻祖。所以,虽然和解了,也少不了仗着才气,挤兑一下王安石。

有一天,两人一起游览名胜,看到一块巨石,斜插在地上,向着东边倾斜着。苏东坡灵机一动,指着石头说:"荆公请看,恨当年安石不正!"

王安石当然知道苏东坡指桑骂槐,不过反应也很快,看石头斜指东方,微微一笑道:"子瞻听了,到如今犹向(像)东坡!"

这次王安石没输,但他想彻底赢一次。有一次他想仗着自己的博学难为一下苏东坡,结果却惹来了尴尬。一天,两人一起在一位方丈处饮茶,方丈喜欢书法,茶桌上摆着砚台。王安石突然指着茶案上的砚台说:"我们以古人的诗句做对联,来吟咏一下这块砚台吧!"王安石的话刚出口,苏东坡便应声说道:"巧匠斫山骨。"

这是唐代诗人刘师服的一句诗,后来被他的朋友韩愈用在了《石鼎联句》一诗的开头。苏东坡熟读韩愈,反应又快,立即说出了这句诗来形容砚台。然而,王安石沉思良久,却一直没有想出下联来对,只好讪讪地说:"这么好的天气,我们赶紧去欣赏钟山的大好风光吧,这对联的事又不是什么急事……"

后来在建中靖国年间任大宗正丞的田承君,这天恰好与一二好友见证了这个过程,他对好友说:"王安石平时就喜欢以这种联句为难别人,他门下的人往往都推辞说对不出来,他哪里想到东坡是不可能被这种雕虫小技所慑服的。"

字怼王安石

西湖的"形象大使"

"西湖的诗情画意,非苏东坡的诗思不足以极其妙;苏东坡的诗思,非遇西湖的诗情画意不足尽其才。"

这是林语堂在《苏东坡传》中,对苏东坡任杭州通判时诗酒风流非常精到的一段评论。

熙宁四年(1071),苏东坡由于反对王安石变法,在朝中无立足之地,便请求外调地方,朝廷命他到杭州任通判。这是他第二次任地方官,也是一生中唯一一次任通判。18年后,他又到杭州担任知州。因此,杭州是他唯一两次任地方官的地方。

在杭州任通判期间,苏东坡深深地被西湖的万种风情所吸引,他写了很多美丽的诗歌赞美西湖,其中最有名的就是《饮湖上初晴后雨》:

> 水光潋滟晴方好,山色空蒙雨亦奇。
> 欲把西湖比西子,淡妆浓抹总相宜。

这一首诗以浅显易懂的语言和新鲜贴切的比喻,将西湖的诗情画意进行了完美传神的描绘,从而成为千古绝唱。

在苏东坡之前，比他年长 50 岁、曾在杭州做过县令的柳永，有一首写杭州的名词《望海潮》：

> 东南形胜，三吴都会，钱塘自古繁华。烟柳画桥，风帘翠幕，参差十万人家。云树绕堤沙，怒涛卷霜雪，天堑无涯。市列珠玑，户盈罗绮，竞豪奢。　　重湖叠巘清嘉，有三秋桂子，十里荷花。羌管弄晴，菱歌泛夜，嬉嬉钓叟莲娃。千骑拥高牙。乘醉听箫鼓，吟赏烟霞。异日图将好景，归去凤池夸。

据说金主完颜亮读罢柳永的这首词，艳羡杭州之美，"遂起投鞭渡江、立马吴山之志"，隔年以六十万大军南下攻宋。

"凡有井水处，即能歌柳词"，本来柳永的词名就大，而这词又与宋辽之间的战争有关，其名声愈大矣！直到今天，说到杭州，人们还是经常引用这首词来形容其繁华。但是相比而言，该词的知名程度，仍比不上东坡的《饮湖上初晴后雨》。"欲把西湖比西子，淡妆浓抹总相宜"，以西施之美喻西湖之丽，可以说是天作之合。苏东坡之前，西湖只不过是一个方位上的表述，并无定名。郦道元在《水经注》中称为"明圣湖"；唐人传说湖中有金牛，称为"金牛湖"；白

（南宋）李嵩　西湖图

居易治湖，筑石函泄水，百姓因敬爱太守而称"石函湖"；宋初又称"放生湖"。苏东坡此诗一出，"西子湖"这一称呼，可谓画龙点睛，"遂成为西湖定评"（陈衍《宋诗精华录》），就连《大英百科全书》介绍西湖的得名，也是引译的这两句。

淡妆浓抹，宜晴宜雨。苏东坡这一比喻，还引出了诗歌解释的一桩公案，即晴与雨、淡妆与浓妆的对应关系。王水照认为诗人是"以晴天比浓妆，雨天比淡妆"（《苏轼选集》），而程千帆则认为，东坡是"以晴天的西湖比淡妆的西子，以雨天的西湖比浓妆的西子"（《古今诗选》）。实际上，诗人的灵感更多的是一时的心与景会，当其下笔之时，也未必拘泥于哪个是淡妆，哪个是浓抹，硬性地去追究晴雨浓淡的对应关系，就已经近乎穿凿了，反而会伤害整首诗的空灵之美。

西子湖的美丽有目共睹。昔人有云："漫因莺燕夸相识，辄向湖山唤奈何。"遇上好风景辄唤"奈何"，用今天的白话说就是"拿你怎么办"；因为大自然的山水往往美得使人手足无措，用语言无法表达感受。东坡的这首名诗，至少让今天的人们在面对西子湖的美丽时，不至于词不达意，憋不出一句合适的语句来。可以说，这首诗，是西湖的"形象大使"。

不过，一句诗写得太好了，往往会让后人没得再写。传说李白到黄鹤楼，想写一首诗，看到崔颢"昔人已乘黄鹤去，此地空余黄鹤楼"的诗作后，就不敢写了，在黄鹤楼上题下打油诗"眼前有景道不得，崔颢题诗在上头"，便掷笔而去。西湖也是如此。南宋武衍《正月二日江舟湖上》有句云："除却淡妆浓抹句，更将何语比西湖。"无奈之情，跃然纸上。

"六一泉"的由来

一

西湖孤山的南麓,如今西泠印社的西侧,俞园的东侧,有一小亭,亭下有池,亭上有匾,名曰:六一泉。

六一泉的得名,自然来源于欧阳修的"六一居士"。然而,它的命名者,却是苏东坡。

原来,当时孤山上有一座寺庙叫智果寺,寺里有惠勤和惠思两位和尚。其中惠勤是余杭人,善诗文,少年父母双亡,成人后既没娶妻,亦无子女,曾有20年时间在京师开封游历,名气很大。后来,惠勤倦游南归,欧阳修赋《山中乐》三章送给惠勤:"极道山林间事,以动荡其心意,而卒反之于正。"后来惠勤果然听从了欧阳修的劝说,回到钱塘,在西湖孤山结庐隐修。

欧阳修像

苏东坡到杭州之前，曾绕道颍州（今安徽阜阳）看望恩师欧阳修。当时欧阳修已经退休，在颍州赋闲，由于他家中有藏书一万卷，金石遗文一千卷，有琴一张，有棋一局，又常置酒一壶，再加上他本人一个老翁，自号"六一居士"。在颍州时，欧阳修就向苏东坡隆重介绍了朋友惠勤："僧人惠勤隐居于西湖，很擅长写文章，诗写得尤其好，我曾经写过三章《山中乐》送给他。你到了杭州，要是没有什么朋友，不忙的时候可以去找找他。"

恩师之托，岂有怠慢之理？熙宁四年（1071）腊月初一，苏东坡来到杭州三天后，就急不可耐地下了凤凰山，来到孤山，拜访惠勤和惠思。

这次相见，一定是言谈甚欢。东坡有诗《腊日游孤山访惠勤惠思二僧》为证：

  天欲雪，云满湖，楼台明灭山有无。
  水清石出鱼可数，林深无人鸟相呼。
  腊日不归对妻孥，名寻道人实自娱。
  道人之居在何许？宝云山前路盘纡。
  孤山孤绝谁肯庐？道人有道山不孤。

        ——（节选）

腊日在古代是一个重要的节日，在这样的节日里躲开妻子和孩子，找个理由自己偷着乐，可见东坡还有着大男孩般的脾气。虽说"名寻道人实自娱"，东坡之意不在僧，但"道人有道山不孤"，却依然流露了东坡对惠勤的尊崇。

第二年闰七月二十三日，66岁的欧阳修走完了生命的旅程，在颍州西湖之滨的私宅中去世。消息传来后，东坡大恸，再上孤山，与惠勤、惠思一起哭祭欧阳修。

这次哭祭，惠思写了一首诗，东坡以其韵和之，写了

(北宋)欧阳修　集古录跋尾(局部)

《哭欧公孤山僧惠思示小诗次韵》：

　　　　故人已为土，衰鬓亦惊秋。

　　　　犹喜孤山下，相逢说旧游。

此后，东坡常与惠勤、惠思泛舟西湖，"世人骛朝市，独向溪山廉"，他们在山水间结下了深厚的友谊。

熙宁七年（1074），东坡离开杭州，历任密州、徐州、湖州知州；后乌台诗案发，东坡入狱后又被贬谪黄州，经历了人生中的大苦难。到了元祐四年（1089），东坡再度来到杭州任知州，再访孤山时，惠勤已圆寂多年，只见到惠勤的弟子，以及供奉的欧阳修和惠勤遗像。原惠勤讲堂附近并无泉水，苏东坡访问后不久，讲堂之后、孤山的脚下却流淌出一泓甘泉，水流汩汩，溢流不绝。惠勤的弟子说，这是师父在九泉之下出来慰问苏东坡的，请苏东坡为泉水取名。苏东坡推想惠勤当年的遗愿，应该是纪念欧阳修的，便将其命名为"六一泉"，并写了《六一泉铭》：

泉之出也，去公数千里，后公之没十有八年，而名之曰六一，不几于诞乎？曰：君子之泽，岂独五世而已，盖得其人，则可至于百传。尝试与子登孤山而望吴越，歌山中之乐而饮此水，则公之遗风余烈，亦或见于斯泉也。

据明代张岱《西湖梦寻》记载，宋高宗赵构为康王时，经常出使金国。夜行之时，见四个巨人手持刀戟为其前驱。后来他即位后，问方士，方士告诉他，那四个巨人是紫薇垣手下的天蓬、天猷、翊圣、真武四员大将。宋高宗为了报答这四员大将，便将六一泉处的竹阁改为延祥观，用以祭祀他们。到了元朝初年，元世祖又废了延祥观，改为帝师祠。如此一来，六一泉有200多年不曾有泉水涌出。到了元朝末年，六一泉的泉眼复现，但原来的石屋已经坍塌，六一泉的泉铭也被附近的僧人抬去。直到明朝洪武初年，有个叫行升的僧人，把荒弃的六一泉重新收拾干净，恢复了苏东坡时代的旧观。他又想建个祠堂，奉祀苏东坡、惠勤等人，可是财力不够，为此有一位叫徐一夔的杭州府儒学教授为其写了一篇骈体文募捐：

睠兹胜地，实在名邦。勤上人于此幽栖，苏长公因之数至。迹分缁素，同登欧子之门；谊重死生，会哭孤山之下。惟精诚有感通之理，故山岳出迎劳之泉。名聿表于怀贤，忱式昭于荐菊。虽存古迹，必肇新祠。此举非为福田，实欲共成胜事。儒冠僧衲，请恢雅量以相成；山色湖光，行与高峰而共远。愿言乐助，毋诮滥竽。

白居易笔下的天竺寺究竟在哪里？

——

苏东坡12岁的时候，父亲苏洵从虔州（今江西赣州）游历回到四川眉山，告诉他说，在靠近虔州城的山中，有一座天竺寺，上面有白居易亲手写的一首《寄韬光禅师》诗：

一山门作两山门，两寺原从一寺分。
东涧水流西涧水，南山云起北山云。
前台花发后台见，上界钟声下界闻。
遥想吾师行道处，天香桂子落纷纷。

根据苏东坡的记忆，苏洵的描述是这首诗写得"笔势奇逸，墨迹如新"。

47年之后，苏洵早已作古，苏东坡也在自己的晚年被贬到惠州。在贬往惠州的途中，他经过虔州，来到了天竺寺。此时，苏洵所说的"乐天亲书"的那首诗早已不见，只有刻石还在。东坡感涕不尽，便写了一首《天竺寺》的诗：

香山居士留遗迹，天竺禅师有故家。
空咏连珠吟叠璧，已亡飞鸟失惊蛇。

林深野桂寒无子，雨浥山姜病有花。

四十七年真一梦，天涯流落泪横斜。

那么，白居易的那首诗，真的是写虔州的天竺寺吗？答案是否定的。事实上，白居易一生都没有到过虔州，也就不可能写虔州的天竺寺。不过，在唐穆宗长庆二年（822）十月，白居易到了杭州，担任刺史。长庆四年五月离开，第二年五月又到苏州任了一年刺史。正是在杭州任刺史时，他招了韬光禅师到杭州天竺寺任住持。

杭州天竺寺最早兴建于东晋咸和初年，在唐朝时一分为

（明）沈周　杭州下天竺寺图

二，分为上天竺和下天竺，也就是白居易所说的："一山门作两山门，两寺原从一寺分。"

但是白居易离开杭州后，韬光禅师也离开了杭州，到了虔州的天竺寺。由于同为"天竺寺"，白居易便手抄了写杭州天竺寺的诗，寄给韬光禅师，从此白居易这份手书，便成为虔州天竺寺的珍宝。

200多年后，苏洵到虔州游历，在天竺寺看到的就是白居易的真迹。按白居易诗中所作，其山水风景，非杭州西湖的天竺寺不能当之。虔州的天竺寺，只是沿用了杭州天竺寺的名称，有好事者拿白居易此诗为虔州贴金而已。

"四十七年真一梦，天涯流落泪横斜。"苏东坡曾经两次在杭州为官，多次到天竺寺会友游玩，这次在贬谪途中经过早已亡故的父亲也曾游玩过的虔州天竺寺，又想起童年时父亲给自己讲的故事，47年漫长人生的浮沉起伏，不能不让苏东坡产生身世之感。

金笼放雪衣

宋代的时候，官府设有官妓。

官妓都需要登记在册，由专门机构管理，不能随便流动，一般来说也不属于哪个长官私有。她们只在官府、军营有仪式或应酬时奉调当差，表演歌舞或陪酒。一旦成为官妓，就丧失了人身自由，除非长官特许或花钱自赎，否则直至年老色衰，才能脱籍。

苏东坡在杭州时，对这些身处社会底层的女子，不乏同情。"自古佳人多命薄，闭门春尽杨花落。"在一首名为《薄命佳人》的诗中，苏东坡这样写道。也正因为此，只要有机会能为她们做点什么，东坡必不推辞。

有一次，杭州太守陈襄到外地出差，作为通判的苏东坡，便暂时代理太守职务，处理官府事物。有一个官妓，性善媚人，人称"九尾野狐"，大概知道东坡心善，就趁机请求脱籍。东坡同意了，写了个判词，曰：

五日京兆，判断自由。
九尾野狐，从良任便。

意思是说：我有五天代理州长的时间，可以自由地决断州里的事务；你这个"九尾野狐"，想要脱籍从良的话，就任你的便吧。

杭州官妓中，还有一个叫周韶的，"色艺乃一州之冠"，她的爱好是喝茶，收藏了天下不少好茶，并在斗茶中赢了著名的书法家和茶学专家蔡襄，所以名气很大。她听说苏东坡待人宽厚，也连忙提出脱籍的请求。然而苏东坡知道她是太守陈襄所喜爱的女子，心想不能在陈襄不在时同意脱籍，于是不批，判词曰：

慕周南之化，此意诚可嘉。
空冀北之群，所请宜不允。

所谓"周南之化"，是指《诗经》里的《周南》等篇，由于内容为表达女子的贤淑，所以后世用来形容传统社会伦理价值观中的女性美德，是女性应走的"正道"；而"冀北之群"这个典故，出自唐代韩愈《送温处士赴河阳军序》："伯乐一过冀北之野，而马群遂空。"慧眼识千里马的伯乐从河北路过，就把当地所有的良马全部挑走了，意即优秀人才被伯乐看中，招揽一空。

因此这两句的意思是：你要脱籍，这个想法当然很好；可你是太守看重的人物，你要脱籍的请求，我就不宜自作主张批准了。

东坡不批，周韶无奈。不过没多久，婺州知州，即后来成为著名的天文学家和药物学家的苏颂来杭州，陈襄设宴接待，又召周韶前来歌舞。周韶趁机再次请求脱籍。苏颂便指着屋檐下的一只白鹦鹉说："你写首诗来看看，要表达出你的意思。"

周韶略一思索，写道：

> 陇上巢空岁月惊，忍看回首自梳翎。
> 开笼若放雪衣女，长念观音般若经。
> ——《求落籍》

周韶自比白鹦鹉，大家看到她一身白衣，都齐声喝彩。苏东坡趁机说，周韶的白衣是因为母亲去世不久，正在居丧。听到此话，周韶眼圈一红，泪眼盈盈，看上去更是楚楚可怜。陈襄一时间动了恻隐之心，就答应了周韶的请求。

当时在场的还有两个官妓，一个叫胡楚，一个叫龙靓，都各自写了一首诗送给周韶，祝贺她落籍。胡楚是这样写的：

> 淡妆轻素鹤翎红，移入朱阑便不同。
> 应笑西园桃与李，强匀颜色待东风。
> ——《送周韶落籍》

龙靓则写道：

> 桃花流水本无尘，一落人间几度春。
> 解佩暂酬交甫意，濯缨还作武陵人。
> ——《送周韶落籍》

三名歌妓，当场作诗，苏东坡以此"知杭人多慧也"。（《侯鲭录》）

不过，毕竟是自己偏爱的女子，周韶被放走后，陈襄又后悔了。苏东坡也为其惋惜，经常安慰他。第二年，在去常州、润州赈灾的路上，苏东坡写了一首《常润道中有怀钱塘寄述古五首其二》给陈襄：

> 草长江南莺乱飞，年来事事与心违。
> 花开后院还空落，燕入华堂怪未归。
> 世上功名何日是，樽前点检几人非。
> 去年柳絮飞时节，记得金笼放雪衣。

"金笼放雪衣"，指的就是放周韶落籍从良一事。

陌上花开

在杭州九溪,有一座林海亭。亭上有一副对联,是这样写的:

小住为佳,且吃了赵州茶去;
日归可缓,试同歌陌上花来。

这副对联,用了两个典故。上联说的是"赵州茶"也就是"禅茶"的典故,是一个有关晚唐高僧赵州和尚从谂禅师的著名公案故事。明代《古尊宿语录》记载:有两位僧人从远方来到赵州,向从谂禅师请教什么是禅。

从谂禅师问其中一个僧人:"你以前来过这里吗?"僧人答道:"从来没有。"赵州禅师说:"吃茶去!"

从谂禅师转向另一个僧人,问:"你来过吗?"僧人回答:"我曾经来

张大千 李秋君 紫陌寻春图

过。"赵州禅师说:"吃茶去!"

这时,从谂禅师身边的监院好奇地问:"禅师,怎么来过的你让他吃茶去,未曾来过的你也让他吃茶去呢?"从谂禅师称呼了监院的名字,监院答应了一声,从谂禅师仍然说:"吃茶去!"

"吃茶去"的公案,在日后成了许多参禅的话头,从谂禅师三称"吃茶去",让人们在一杯茶中感悟生命情境,成为此后"禅茶"的滥觞。

对联的下联,用的是"陌上花开"的典故,它与苏东坡还有一段故事呢。

苏东坡任杭州通判时,有一次到临安县视察刑狱,在县令苏舜举的陪同下游九仙山。路上听到当地人唱民歌,声调婉转,一问,原来唱的是《陌上花》,背后的故事与吴王钱镠有关。

钱镠是五代十国时的吴越国王,虽是私盐贩子出身,却有着铁汉柔情。他的夫人戴王妃回家探亲后,钱镠想念她了,就写了一封信让她回来:

陌上花开,可缓缓归矣!

著名编辑钟叔河先生曾将其翻译成现代汉语:

路畔田头的野花已经开遍,你也可以慢慢收拾回来了吧!

这封信写得旖旎有致,充满温情。看得出钱镠是很爱夫人的,渴望她回来团聚。春光正好,他提醒夫人不要辜负了芳时。不过,明明心情迫切,他却又说"可缓缓归矣",含蓄委婉,完全是商量的语气,显出了一个"暖男"的温情细腻与怜香惜玉。

苏东坡特别喜欢《陌上花》中所蕴含的温柔敦厚的情

调。其实，吴越王钱镠还是江南民歌的作者之一。北宋钱塘僧人文莹在他的《湘山野录》中记载了钱镠的《陌上花》曲：

> 你辈见侬底欢喜，
> 别是一般滋味子，
> 永在我侬心子里！

文莹说："时父老不解此歌，王复以吴音歌云（略），至今狂童游女能效之。"

释文莹是苏东坡同时代人，与吴越王时代相去不远，他的记录是可信的。而苏东坡那时听到的民歌歌词，也一定与此出入不大。但这样的歌词，实在鄙俗，不符合文人的墨客审美趣味。于是东坡就自己动手，改写成《陌上花》雅歌：

> 陌上花开蝴蝶飞，江山犹是昔人非。
> 遗民几度垂垂老，游女长歌缓缓归。

> 陌上山花无数开，路人争看翠軿来。
> 若为留得堂堂去，且更从教缓缓回。

> 生前富贵草头露，身后风流陌上花。
> 已作迟迟君去鲁，犹教缓缓妾还家。

民歌有俚言鄙语，才更显得生动活泼。不过话又说回来，这"陌上花开，可缓缓归矣"不同，明显地充满着小资情调，本来就不适合乡村野夫的脾性。东坡这一改，算是对味了。

宋时杭州女子好唱《陌上花》，在东坡的其他词中也有记载。苏东坡的好友陈直方，在妻子去世后纳了一位姓嵇的杭州姑娘为妾。有一次聚会时，嵇姓姑娘向苏东坡求词一首。苏东坡看着眼前的美丽女子，想到《陌上花》的款款深情，便作《江城子》一首：

> 玉人家在凤凰山。水云间，掩门关。门外行人，立马看弓弯。十里春风谁指似，斜日映，绣帘斑。　　多情好事与君还。闵新鳏，拭余潸。明月空江，香雾著云鬟。陌上花开春尽也，闻旧曲，破朱颜。

我们可以看出，苏东坡再三地改写、引用《陌上花》，一定是被钱镠对夫人的那份温柔的情感所打动。

陌上花开的故事并没有结束。明崇祯十四年（1641）春，钱谦益由虞山（今江苏常熟）往杭州，柳如是由虞山回茸城（今上海松江）。分手后，二人互致思念，以诗往还。钱谦益和东坡词而反其意，写了三首《陌上花乐府，东坡记吴越王妃事也。临安道中感而和之，和其词而反其意，以有寄焉》诗，最后一首是：

> 陌上花开音信稀，暗将红泪裛春衣。
> 花开容易纷纷落，春暖休教缓缓归。

而柳如是也作了《奉和牧翁陌上花三首》，其中第二首是这样写的：

> 陌上花开一片飞，还留片片点郎衣。
> 云山好处亭亭去，风月佳时缓缓归。

陌上花常开，人间情长在。钱谦益与柳如是的一段因缘，为"陌上花开"的典语增添了优美缠绵的情韵。"陌上花开"，已是属于杭州的一个美好的典故。

簪花风流

一

北宋时期，杭州北桥巷（今长庆街附近）一带有个安国坊，坊内有座吉祥寺。寺里有个叫守璘的和尚，把院里一大块土地开辟成了牡丹花圃。圃中栽种的牡丹品种有近百种，总数则以千计。暮春时节，花开万朵，当真是姹紫嫣红。在苏东坡到杭州的六七年前，著名书法家、知州蔡襄就曾到吉祥寺赏牡丹，并作诗数首。

宋代理学家周敦颐在《爱莲说》中说："水陆草木之花，可爱者甚蕃。晋陶渊明独爱菊。自李唐来，世人甚爱牡丹。"

唐代以来，牡丹的"粉丝"层出不穷。唐朝李肇在《唐国史补》中记述当时的人们赏牡丹花，"每春暮，车马若狂，以不耽玩为耻"。在中唐，著名的宰相裴度临终前还叫人把自己抬到牡丹丛前，说："我不见此花而死，可悲也。"到宋代，文人士大夫对牡丹更是情有独钟，欧阳修写过《洛阳牡丹记》，陆游写过《天彭牡丹谱》，张邦基写过《陈州牡丹记》，丘璿写过《牡丹荣辱志》。可以说，牡丹，是宋代士大夫的必赏之花。

熙宁四年（1071），苏东坡来到杭州时，当时杭州的知州沈立也是一位牡丹迷，曾写过十卷《牡丹记》。第二年三月二十三日，正是牡丹盛开的暮春时节，沈立便邀请东坡同去吉祥寺赏花。

苏东坡在后来的《牡丹记叙》一文中，记载了这一天热闹非凡的情景："酒酣乐作，州人大集。……饮酒乐甚，素不饮者皆醉。"并为此写了一首《吉祥寺赏牡丹》：

　　人老簪花不自羞，花应羞上老人头。

　　醉归扶路人应笑，十里珠帘不上钩。

作为杭州的"二把手"，折了一支牡丹花插在自己的头上，在万人云集的春日里招摇过市，在今天看来，岂不是滑稽可笑吗？但在东坡看来，在春天里享受大自然，才是人生乐事。说到这里，应当插一句，苏东坡当时37岁，按说绝不算老。但"人生七十古来稀"，古人在寿命的计算上比今天的人们要悲观得多，因而对青春少壮的珍惜和努力也胜过了今人。

十多年后，东坡真的老了，重阳佳节，酒醉之后又簪了一次花（这次当然是菊花了），引得侄子们拍手大笑："伯伯还这样吗？"

"人老簪花不自羞"表现的是诗人的放旷性格，它还常与"将谓偷闲学少年"一起，被中老年行辈中人借作解嘲的习语。

沈立同苏东坡关系不错，可惜时隔不久便调任他职，知州一职由福州人陈襄（字述古）接任。这年年底，苏东坡独自一人去了吉祥寺，作《冬至日独游吉祥寺》诗：

　　井底微阳回未回，萧萧寒雨湿枯荄。

　　何人更似苏夫子，不是花时肯独来。

簪花风流

（北宋）赵昌　牡丹图

过了十几天,他又独自到寺一游,题诗道:

  东君意浅著寒梅,千朵深红未暇栽。

  安得道人殷七七,不论时节遣花开?

牡丹应开在暮春,如今才冬至,司花的东君当然没工夫去提前完成季度计划。殷七七是传说中"能开非时之花"的神仙,曾在九月的深秋里催开了鹤林寺的杜鹃,可到哪里去找他来助一臂之力呢?东坡"不是花时肯独来",不仅是因为他对牡丹的热爱,同时也是因花及人,有想念太守沈立的意思。

"钱塘吉祥寺花为第一。壬子(1072)清明赏会最盛,金盘彩篮以献于座者五十三人,夜归沙河塘上,观者如山,尔后无复继也。"对于牡丹,苏东坡充满深情和眷恋。只要到了赏牡丹的季节,东坡总是会想到那些赏牡丹的日子,也不会错过赏牡丹的机会。

幸运的是,杭州新任知州陈襄也是苏东坡的同道中人。他虽然不是沈立那样的牡丹专家,却是一位诗人,政治上不满王安石的变法,文学上钦佩苏东坡的才华,与苏东坡有很多共同语言,因此两人的交情更深,时常在公事之余一起出游吟咏。

熙宁六年(1073)春天,轮到苏东坡来邀请陈襄同赏牡丹了。苏东坡先将吉祥寺的牡丹之盛,向陈襄大肆夸赞了一番,还说:你怎么说也是一个诗人,不风流怎么算得上诗人?而诗人不去赏牡丹,又怎么算得上风流?一番话将陈襄激得心里发痒:"好好好,一定去,一定去!"

第二天,性急的东坡先下了凤凰山,直奔吉祥寺而去。在吉祥寺,东坡一边欣赏着牡丹的国色天香,一边等待陈襄的到来。然而东坡一等不见人,二等不见影,陈襄硬是没来。不多久小厮来报，陈襄有要事急需处理，不能前来。

"你这家伙说话不算数啊！"当时东坡心里一定嘀咕了这么一句。可不能这么便宜了他，苏东坡看着牡丹花，眉头一皱，计上心来，挥手便写了一诗，吩咐小厮转交陈襄。小厮急忙赶回官府交与陈襄。陈襄打开条幅，看到了东坡写的这首名为《吉祥寺花将落而述古不至》的诗：

今岁东风巧剪裁，含情只待使君来。

对花无信花应恨，只恐明年便不开！

东坡"警告"陈襄：这牡丹如此多情地等待你的到来，你却放她的鸽子；你对花不守信用，这牡丹一旦花容大怒，到了明年就不开给你看了！

"牡丹很生气，后果很严重"的警告果然起了作用，陈襄第二天便赶到吉祥寺来。东坡好像算准了这招管用，早用前韵重赋一诗，等待他的到来。陈襄一到，东坡就吟道：

仙衣不用剪刀裁，国色初酣卯酒来。

太守问花花有语，为君零落为君开。

——《述古闻之，明日即来，坐上复用前韵同赋》

东坡说：你看你一来，牡丹就国色初酣，像醉了酒那样娇憨盛开。而牡丹花对你说，为你零落为你开。如果明年你不来的话，她就不开了。明年你来不来，自己看着办吧。

这年冬天，吉祥寺发生了一个奇迹，几株牡丹竟然在十月盛开了。东坡甚至怀疑是不是殷七七真来助兴：

当时只道鹤林仙，解遣秋光发杜鹃。

谁信诗能回造化，直教霜蘂放春妍。

为了这件奇事，陈襄作《冬日牡丹》，东坡有《和述古冬日牡丹四首》，上面的诗便是其中的第三首，这里再引其一：

一朵妖红翠欲流，春光回照雪霜羞。

化工只欲呈新巧，不放闲花得少休。

明明是"妖红"，偏偏要说"翠欲流"，南宋诗人陆游起初对此花色感到奇怪。后来他到了四川，在成都集市上看到一块"郭家鲜翠红纸铺"的招牌，问当地人才知道四川方言"翠"就是"鲜明"的意思，苏东坡在此用的是家乡的方言。

八月十八潮，壮观天下无

一

熙宁五年（1072）八月，苏东坡受命主持杭州的乡试，考场就设在凤凰山的望海楼。

苏东坡反对王安石对于科举取士的变法，并曾写长文逐条反驳，但最终无济于事，科举新法还是于熙宁四年二月公布施行。从此罢废明经诸科，罢进士之试诗赋，只考《易》《诗》《书》《周礼》中的一经，兼顾《论语》《孟子》。

苏东坡认为，以前考生考试前，无不遍读五经，由于自小就学，又要经常温习，所以终老不忘。而如今人们只选一经来读，其他的就算读了，也不会精读，甚至教授经书的人也未必通晓五经，以至于造成"试经而经亡"的后果。这样的考试怎能选拔出真正的人才？然而监考又是职责所在，不能推辞，于是东坡就玩起了消极怠工，把监考当成了度假，每天在望海楼上看钱塘江潮起潮落，在试院中生火煎茶，而且渐渐享受起这样的日子来了。

按照惯例，乡贡进士考试都要在八月十五中秋节这天放榜。这一年考生特别多，在千人以上，眼看考卷如山，来不及如期出榜,最重要的是,八月十八日的钱江大潮观潮日马上也就来了,就算中秋节来不及放榜,也不能错过了八月十八的看潮啊!苏东坡心里一急,就写了一首《催试官考较戏作》的诗催促考官加快批卷的进度:

八月十八潮,壮观天下无。

鲲鹏水击三千里,组练长驱十万夫。

红旗青盖互明灭,黑沙白浪相吞屠。

人生会合古难必,此景此行那两得?

愿君闻此添蜡烛,门外白袍如立鹄。

苏东坡以钱塘江潮的壮观"诱惑"各位考官,说八月十八的钱江大潮,是天下稀有的壮观景象,它像鲲鹏击水三千里,又像驱使着十万壮士前行。大潮的白浪与激起的黑

(南宋)夏圭 钱塘秋潮图

沙相吞吐，弄潮儿手中的红旗与头上的青巾忽隐忽现。这种人生的会合自古难有，这样的美景，这样的旅行，哪能两者兼得呢？我希望你们看了我的描述，赶紧加班加点批卷子，门外那些还没中举的士子们也等得心焦呢！

经此催促，考官们日夜加班，终于在八月十七日放榜。但是苏东坡相信，这样的考试，考不出真正的人才。这一天正好下起了秋雨，东坡写诗叹道："细雨作寒知有意，未教金菊出蒿蓬。"

北宋时，凤凰山上的望海楼与吴山上的七宝峰、安济亭，都是城内观潮最好的地方，而尤以望海楼为最。望海楼又称东楼，建于唐武德七年（624），高18丈，在南凤凰山腰，州府治所中和堂之北。由于这里视野开阔，南望钱江，一览无余，诗人墨客们常常在这里登高望远、吟诗作赋，每年农历八月中旬，就在这里赏月观潮。

在到杭州之前，苏东坡就从前辈诗人潘阆的《酒泉子》中知道了钱江潮的澎湃壮观：

> 长忆观潮，满郭人争江上望。来疑沧海尽成空，万面鼓声中。　弄潮儿向涛头立，手把红旗旗不湿。别来几向梦中看，梦觉尚心寒。

这首词作描述的钱塘江潮的壮观景象，震撼了年轻的苏东坡的心灵，他曾把这首词抄写在屏风上，而自从到了杭州，杭州人对观潮的热情也时时感染着他。

东坡从小生长于巴山蜀水的内陆之地，见过江水奔腾，却未见过潮水拍岸。在来到杭州之前，他的足迹所到之处，主要是在故乡眉山到京师开封一带，此外就是凤翔，然后是从京师到杭州一带，30多年未曾到过海边，从未见过海潮，当然也未见过这天下唯一的江潮。

这一次，东坡终于看到了梦想已久的钱江大潮，他写了《望海楼晚景五绝》，其中有两首是写钱江潮的：

海上涛头一线来，楼前指顾雪成堆。
从今潮上君须上，更看银山二十回。

横风吹雨入楼斜，壮观应须好句夸。
雨过潮平江海碧，电光时掣紫金蛇。

又过了一年，第二年的中秋节，这次没有乡试，也无需监考，东坡再次看潮，又作《八月十五日看潮五绝》，这里再选几首：

定知玉兔十分圆，已作霜风九月寒。
寄语重门休上钥，夜潮留向月中看。

万人鼓噪慑吴侬，犹是浮江老阿童。
欲识潮头高几许，越山浑在浪花中。

江边身世两悠悠，久与沧波共白头。
造物亦知人易老，故叫江水向西流。

向张先学作词

—

词,又称"曲子词",原是配合隋唐以来燕乐而创作的歌词,后来逐渐脱离音乐,成为一种以长短句为主的诗体,以格律诗的面貌流传至今。除了民间创作外,唐代就有一些诗人开始创作词,到了晚唐五代时期,温庭筠、冯延巳、李煜等人都是词史上的著名作家。到宋初,张先和柳永致力于词的创作,成为苏东坡之前重要的宋代词人。

不过,由于词起源于民间,一向被视为带有娱乐性的"诗余",深受儒家思想影响的士大夫们视词为小道、为业余消遣之物,并不像对待诗那样从小习作,视为正途。比如苏东坡,从小便进行诗歌创作练习,但直到29岁离任凤翔签判回京,经过长安骊山时,才试写了一首带有词作性质的《华清引》。这只是一次试笔习作,此后8年间,苏东坡再也没有其他词作。直到36岁,苏东坡并没有对词这一文体产生真正的兴趣。

但是,在杭州任通判期间,苏东坡遇见了张先。正是这次相遇,才有了后来被称为词作豪放派的开创者苏东坡。

(北宋)张先 十咏图(局部)

张先,字子野,乌程(今浙江湖州)人,比苏东坡大46岁,比北宋名相范仲淹小一岁。无论在词的创作上,还是在年龄上,都是苏东坡的前辈级人物。他的词含蓄工巧,情韵浓郁,题材大多为男女爱情、相思离别,深受广大痴情少女的喜爱。琼瑶的小说《心有千千结》,书名就取自张先的一首《千秋岁》:"天不老,情难绝。心似双丝网,中有千千结。"

当然,张先最令人津津乐道的,是他的一个雅号——"张三影",这来源于他词作中的三个"影"字:"云破月来花弄影"(《天仙子》),"娇柔懒起,帘押残花影"(《归朝欢》),"柳径无人,堕絮飞无影"(《剪牡丹》)。

北宋初期,以苏东坡为代表的豪放派尚未正式诞生,占领词坛绝对优势地位的是婉约派,而婉约派的两个重要的代表人物,一个是柳永,另一个就是张先。

张先一生活了89岁,历经北宋初期、中期,与晏殊、欧阳修、王安石、宋祁、赵抃等文化名人都有交往。根据今人夏承焘的《张子野年谱》，张先致仕后，自77岁到去世为止的12年中，至少有10年是在杭州度过，也正是在这段时间，苏东坡任杭州通判，成为张先晚年最重要的"忘年交"。

当代日本学者村上哲见认为，宋神宗时期，在杭州与湖州一带，形成了一个以张先为中心的爱好词的文人社交圈。当时杭州的知州蔡襄、郑獬、陈襄、杨绘和湖州知州唐询、李常等，都留下了相当数量的与张先和韵应酬之作，苏东坡正是任杭州通判之后，加入这一社交圈而开始词的创作的。

苏东坡与张先的交往，是从熙宁五年（1072）开始的。这年十二月，苏东坡从杭州到湖州，第一次见到了张先，并作《和致仕张郎中春昼》一诗。这一年，张先已是83岁高龄，其诗名、词名早已传遍天下。苏东坡在诗中夸他的高寿和诗名："不祷自安缘寿骨，苦藏难没是诗名。"还赞他"浅斟杯酒红生颊，细琢歌词稳称声。蜗壳卜居心自放，蝇头写字眼能明"——喝酒会脸红，作词不走调；卜居家中心态安然，写起小字来视力也很好。

张先是当时最有影响的词人，苏东坡这次在湖州见到张先，当然不会错过向前辈请教的机会。尽管当时具体的情形我们今天已经无法还原，但可以确定的是，从此之后，苏东坡正式开始了词的创作。这次在湖州，苏东坡还见到了他的朋友贾耘老。贾耘老有个小妓叫双荷叶，苏东坡就跟贾耘老开玩笑，写了《双荷叶》《荷花媚》两首词。这是游戏之作，也是练笔之作，可以看出就"词"这一文体来说，苏东坡还显得稚嫩和陌生。

仅仅过了一个多月，到了熙宁六年（1073）正月，苏东坡到杭州城外踏青寻春，又写了一首《浪淘沙》：

昨日出东城，试探春情。墙头红杏暗如倾。槛内群芳芽未吐，早已回春。　　绮陌敛香尘，雪霁前村。东君用意不辞辛。料想春光先到处，吹绽梅英。

这是苏东坡第一首较为成熟的词作。从这首词开始，苏东坡正式进入词坛，经常进行词的创作。应当指出的是，仅仅两年多后，苏东坡便在密州写下了著名的《水调歌头·明月几时有》和《江城子·密州出猎》，创造了词史上的豪放一派，其才华可见一斑。

三生石上旧精魂

一

苏东坡的文集中，有一篇很特殊的文章，叫《僧圆泽传》，故事的大意是这样的：

唐安史之乱时，富家子弟李源因父亲惨死，发誓不当官、不娶妻、不吃肉，并居住在洛阳惠林寺中，与住持圆泽过从甚密，竟日长谈。

有一天，两人相约去峨眉山。李源要从荆州走三峡水路入川，圆泽则要从长安斜谷路走陆路入川。李源不听，说："我跟世事都断绝了关系，怎么可能再走长安的道路（长安之路，比喻仕途）？！"

圆泽沉默良久，然后叹了一口气说："一个人的命运，真是由不得自己啊！"然后就按照李源的意思走荆州一路。结果，船到了南浦的时候，碰到一个穿着丝绸衣服的妇女在河边汲水，圆泽看到她就流下眼泪，叹道："我不想走这条水路，就是怕见到她啊！"

李源大惊，连忙问他什么原因。圆泽说："这个妇女姓王，我命里注定要做她的儿子。她怀孕三年了，因为我一直没来,她的孩子一直生不下来。今天既然遇见了,就不能逃避了。我教你符咒,你要帮助我速速托生。三天后,你到王家来看我,我会对着你笑一下作为证明。然后,再过十三年,中秋月夜,在杭州天竺寺外,我们两个还有见面的机会。"

至此,李源非常后悔没有听圆泽当初的话,但为时已晚。当天傍晚,圆泽就圆寂了。三天后,李源到了王姓妇女家里,那个刚出生不久的婴儿果然对着他咧嘴而笑。李源把前因后果告诉了王氏,又出钱将圆泽的尸身葬在了水边山下后,也无心再玩,返回了洛阳的惠林寺。

十二年后的中秋之夜,李源从洛阳到了杭州,如约到天竺寺附近。忽然听到葛洪川的岸边,有一个牧童一边敲着牛角,一边念道:

三生石上旧精魂,赏月吟风不要论。

惭愧情人远相访,此身虽异性长存。

李源知道这便是圆泽的后身了。他隔着河岸大声呼道:"泽师别来无恙否?"但听那牧童道:"不负约期,李公真是信得过的人啊!本来我应该过溪与公一见,无奈公俗缘未断,不能相近。愿公勤修深省,我们还有见面的机会。"说罢,一边唱着歌儿一边骑牛远去了。

这个圆泽的故事,不是苏东坡的原创,而是他根据袁郊的《甘泽谣》改写的。由于故事终结于杭州天竺寺,苏东坡便把改写后的《僧圆泽传》抄给了天竺寺的和尚,后人把此文刻在寺院附近的"三生石"上。这一故事后来被反复演绎。清代乾隆年间,杭州人陈树基搜集整理杭州故事典故,辑为《西湖拾遗》,共四十四卷,其中卷二十的《三生石上订奇缘》就是根据东坡这一文章敷衍而成。

关于"前生"的说法,苏东坡离开杭州到了密州后,曾给词人张先寄过一首《和张子野见寄三绝句过旧游》诗:

前生我已到杭州,到处长如到旧游。

更欲洞霄为隐吏,一庵闲地且相留。

苏东坡在这首诗中说,他不仅前世就在杭州,而且是一个和尚,还是杭州本地的和尚。

苏东坡写这首诗并非自作多情,而是有背后的故事。

西湖北面葛岭之下,有个寿星院。苏东坡在杭州任通判时,第一次和朋友参寥来到寿星院,一进寺门就打了一个激灵:这地方太熟悉了,似曾相识,好像什么时候来过,莫非是梦里……

北宋时期,佛道兴盛,苏东坡来到寿星院的大门口,对着参寥说:"且慢!杭州我是第一次来,这寿星院更是今天与你第一次到。但我好像对这里很熟悉,眼前的一切都似曾相识。"接着,他指着眼前的台阶对参寥说:"如果我没记错的话,从这里上去是忏堂,这个台阶,一共有九十二级。"

参寥知道东坡爱开玩笑,当然不信,但看到东坡一脸认真的样子,又狐疑了。

他走上去数了一下,果然是九十二级台阶。

"肯定是巧合,要不就是你暗地里数过了。"参寥依然不太相信,"你再说点别的!"

苏东坡听着参寥的声音,陷入了一种对人生命数的惊奇之中。他拾级而上,一级级走上台阶,台阶上轻轻地回响着自己的脚步声,仿佛是前世在今生的回音。他的头脑越发清晰起来,寿星院的建筑格局、方位布置,在苏东坡的脑海里仿佛画了一张平面图。

"我所站立的这个地方,叫观台。那边是平秀轩,靠近平秀轩的是寒碧轩,寒碧轩左手是垂云亭,嗯,那边是杯泉……"站在台阶上,苏东坡像是讲述童年记忆一般,说着寿星院各个房屋、建筑的名称,他甚至说出了寿星院那一丛绿竹旁边有一堆石头……

在寿星院发现了自己的前生,苏东坡对此地就有了很深的感情,常常在这里与朋友宴饮、饯行。后来他被贬谪黄州,依然对寿星院有着深深的怀念,并写诗《寿星院寒碧轩》以纪念,并说:"仆在黄州,偶思寿星竹轩,作此诗,今录以遗通悟师。"

苏东坡去世后,他前世今生的故事越传越多。有个老僧则廉说自己当年是寿星院的小和尚,夏天经常看到苏东坡上山,到寺里竹轩乘凉。当苏东坡脱了上衣,光着膀子睡午觉时,则廉看到他背上有七颗黑痣如北斗七星一样排列着。

六客之会

—

熙宁七年（1074）九月，苏轼离任杭州通判赴任密州知州。恰杭州知州杨绘（字元素）奉诏还京调为翰林学士，遂与东坡同舟离杭，到达湖州时两人一同造访湖州太守李常（字公择），张先、陈令举（字舜俞）也同行，与刘孝叔会于湖州府园之碧澜堂，这就是著名的"六客之会"。

湖州太守李公择，是苏门弟子黄庭坚的舅舅，少年时代就有奋发学习的事迹。他在庐山五老峰下白石庵的僧舍读书时，曾手自抄书，由于用功日久，几至两目尽盲。后来他登进士第后，将手抄的九千卷书，藏在老家江西建昌。东坡曾为之作《李氏山房藏书记》一文，称赞他"既已涉其流，探其源，采剥其华实，而咀嚼其膏味，以为己有，发于文词，见于行事，以闻名于当世矣"。

熙宁初年，李公择任秘阁校理，出知地方，虽然从政，却不改文人本色。这次遇上苏东坡、张先、陈令举等，他便在湖州做东，六位文人登山临水，连日欢聚。以写词名满天下的张先，此时虽已86岁高龄，却依然兴致不减当年，赋

《定风波令》：

> 西阁名臣奉诏行，南床吏部锦衣荣。中有瀛仙宾与主，相遇，平津选首更神清。　溪上玉楼同宴喜，欢醉，对堤杯叶惜秋英。尽道贤人聚吴分，试问，也应旁有老人星。

这就是著名的"六客词"，词前有序云："霅溪席上，同会者六人：杨元素侍读，刘孝叔吏部，苏子瞻、李公择二学士，陈令举贤良。"

苏东坡、杨绘、陈令举离开湖州时，刘孝叔、张先、李公择把他们送至松江，夜半月出，置酒于太湖边的垂虹亭上，纵情欢饮。此时，当空一轮明月，身旁万顷碧波。在粼粼月光下，太湖更显十分神韵。东坡家的歌女琵琶，有"二南"之称的周、邵两名湖州歌妓，轮番弹奏胡琴以助兴。面对此情此景，想起数天前的湖州之会，张先率先自唱六客词，众人抚掌而和。此时，秋风徐来，水波不兴，月轮西移，夜已阑珊，而六人却兴致正浓。

东坡看着微醉的杨绘，朗声吟唱起数日前写给这位友人的一首《定风波》：

> 千古风流阮步兵，平生游宦爱东平。千里远来还不住，归去，空留风韵照人清。　红粉尊前深懊恼，休道，怎生留得许多情。记得明年花絮乱，须看，泛西湖是断肠声。

在他看来，杨绘这位挚友，其风流倜傥，不减阮籍当年；其风韵照人，又令红粉断肠。月光本来就容易让人念人怀远，何况在这即将分手的时刻，更何况这又是多情的诗人！面对太湖，回想西湖，客中送客的东坡，已经开始预想离别后的思念了。

眼见东坡动情，一生多情又多才的张先，很快按照东坡的韵脚，和词两首，分送杨绘与苏东坡。送东坡的这首《定风波令（再次韵送子瞻·般涉调）》是这样写的：

> 谈辨才疏堂上兵，画船齐岸暗潮平。万乘靴袍曾好问，须信，文章传口齿牙清。　　三百寺应游未遍，重算，湖山风物岂无情。不独渠丘歌叔度，行路，吴谣终日有余声。

张先和苏东坡，一不小心就开创了历史——从文学史的角度来看，张先的这两首词，开宋词和韵之先河。在此之后，词人们依韵和词，成为亲友酬唱、较量才华的一种重要方式。

这次动人的欢聚，无疑永远留存在了每一个参与者的心中。东坡后来屡屡提及并纪念这次六客之雅集。

雅集过后，东坡继续赶往密州，途中经过扬州时，在给李公择的信中便说："某已到扬州，此行天幸……所至辄作数剧饮笑乐。人生如此有几，未知他日能复继此否？"此后不久，他在与周邠（字开祖）的信中，回忆这次欢会说："寻自杭至吴兴见公择，而元素、子野、孝叔、令举皆在湖，燕集甚盛，深以开祖不在坐为恨。"

然而，东坡始料未及的是，自己竟然还有一次机缘重现"六客之会"。

元祐四年（1089）三月，东坡知守杭州，从开封去杭州的路上，再次路过湖州。在湖州的好友曹子方、刘季孙（字景文）、苏坚（字伯固）、张弼（字秉道）以及湖州知州张询（字仲谋）做东，接待苏东坡。

十五年，人生弹指一挥啊！自上次六客会于湖州和太湖之滨，已经过去十五个年头了。十五年来，那些人生的知己,六客中的张子野、刘孝叔、陈令举、李公择、杨元素都先后离开了人世。而自己呢,也经历了乌台诗案这样的大风浪,差点殒命,而乌台诗案发生时,自己也同样在湖州……

旧地重游,本来就充满了今昔之叹,而东坡的这次湖州之行,更多了一分物是人非的伤感。面对着故人风物,面对着自己千疮百孔的记忆,东坡无法不感慨万千。而作为知州的张询,自然早知当年六客之会的盛况,于是恭请东坡作《后六客词》,纪念这次六人的相会。于是东坡援笔而就,写了一首《定风波》:

> 月满苕溪照夜堂,五星一老斗光芒。十五年间真梦里,何事?长庚对月独凄凉。　　绿鬓苍颜同一醉,还是,六人吟笑水云乡。宾主谈锋谁得似?看取,曹刘今对两苏张。

为纪念十多年前的六客之会所作的《定风波令》,此次东坡词作依然调寄《定风波》。上阕表达了对之前六客之会的怀念与伤感。十几年前那皎洁的月光洒满了苕溪水流、太湖碧波,更照亮了酒宴的夜堂,那欢乐的情景难以忘记啊,席上的五人和一位老寿星(张子野)相互逗乐,放出了堪比月华的诗词的光芒。可是倏忽间,十数年白驹过隙,真好像做了一场大梦啊!老友已去,又添新知。新六客中,有黑亮鬓发的士子,有苍颜白发的老人,均同一醉,不分彼此,而且依然与过去一样,六人仍旧笑谈吟咏在这水云相接的湖间水上。

你看,这就是东坡。刚刚陷入故人已逝、独自对月的伤感意绪之中,就很快在"一醉"之中展现出乐观与旷达,以其渊博的学识、悠远的思致和超人的才华,给人以独特的审美感受。

佳人相问苦相猜

一

熙宁七年（1074）七月，杭州知州陈襄即将罢任，新任知州杨绘正在赴杭途中。杨元素到苏州时，在苏州太守王诲处逗留，东坡派杭州官妓前往迎接，并作《菩萨蛮》词寄予王诲。词曰：

玉童西迓浮丘伯，洞天冷落秋萧瑟。不用许飞琼，瑶台空月明。　　清香凝夜宴，借与韦郎看。莫便向姑苏，扁舟下五湖。

这是一首游戏调侃之作。它用"玉童"比杭州官妓，以"浮丘伯"比新任知州，以"洞天"比杭州，说的是杭妓们都去迎接新任知州去了，使杭州变得萧瑟寥落又凄凉。你们苏州招待新任太守和杭妓们的晚宴上凝聚着清香，那些天姿国色姑且借给你王太守欣赏。杨太守啊，你真不该取道苏州城，否则见了美色就会动心，学当年的范蠡，带着美女乘船游太湖去了……可以想见，苏州太守王诲一定是当着杨绘与诸妓的面朗诵了这首词作，而东坡那种"不有趣，毋宁死"的娱乐精神也一定引得所有在场的人开怀大笑，而在这样的笑声中，一定有那么一个歌女的心弦，被悄悄地拨动了。

时间过得很快。三个月后，熙宁七年十月，东坡卸任杭州通判，赴任密州知州，经湖州、吴江，与张先、李公择等人六客之会后，又来到了苏州，再次在苏州太守王诲处逗留。屈指算来，这是一年之中第三次经过苏州了，但下一次，还不知何年何月呢！

也就是在这次与王诲的宴席上，一位歌女，或许就是那个被东坡的才华和风趣拨动了心弦的歌女，在殷勤劝酒之际，面色凄然地询问东坡并猜测："这一回走后，还来不来？"

"还来不来？"饱含浓情与深爱的表达，无需华丽的言语。有时候，一句极其朴素的问话，由于发自内心，却富有深情。苏州太守王诲嘉奖了这位歌女，认为她问的话正是自己要问的，因此让歌女向东坡求词。东坡沉吟片刻，想道：既然是问"还来不来"，那就调寄《阮郎归》吧：

一年三度过苏台，清尊长是开。佳人相问苦相猜：这回来不来？　情未尽，老先催。人生真可咍。他年桃李阿谁栽？刘郎双鬓衰。

"这回来不来"呢？东坡并未直接回答。他说：我们彼此之间情分未尽，而衰老已经在催促自己就此了断。人生有时是很可笑的——将来苏州的桃李会是谁来栽呢？可惜刘郎双鬓已白，他未必能再来，怕是不了了之了……东坡以"刘郎"喻指自己，曲折地表达了后会难期的意思，暗含着沉重的人生慨叹，同时也是对"这回来不来"的回答。仔细品味这首词，我们可以发现，上阕的格调轻松又诙谐，既表达了与苏州的缘分不浅，又概括了东坡的宾至如归之感；而下阕则一反上阕的轻松，蕴满了人生无常的悲凉感慨，足见

> 朝回中使传宣命
> 父子同班侍宴荣
> 酒捧倪觞祈景福
> 乐闻汉殿动鼗声
> 宝瓶梅蕊干枝绽
> 玉栅华灯万盏明
> 人道催诗须待雨
> 片云阁雨果诗成

佳人相问苦相猜

（南宋）马远　华灯待宴图

他风流而不浪荡,倜傥而不轻佻,并非一个一味调笑的纨绔公子。

"黯然销魂者,惟别而已矣。"所有的相逢,所有的欢颜,所有的谈笑风生,都是生命的驿站,你最终要离开它。第二天,古老的苏州城冬雨淅沥,似乎是上天在为这次的久别而哭泣。东坡辞别太守王诲,徐徐而行,正经过苏州的西大门阊门之时,忽听得城门的楼亭上,一女子送别的歌声呜呜咽咽,悲悲泣泣。抬头看时,不正是昨夜问他"这回来不来"的那位歌女吗?一时间,东坡百感交集,情感的潮水汹涌澎湃:如此多情的女子,一生中还能碰上几个呢?歌女虽然身份低微,但有着细腻的感情,想想多年来自己混迹的官场,人情冷暖,世态炎凉,那些旧交新贵,又有几个人能像这歌女一样纯洁而深情啊!东坡再也不忍,遂驻马停车,为之作词:

苍颜华发,故山归计何时决。旧交新贵音书绝,惟有佳人,犹作殷勤别。　离亭欲去歌声咽,潇潇细雨凉吹颊。泪珠不用罗巾浥,弹在罗衫,图得见时说。

这首词名曰《醉落魄·苏州阊门留别》。这首词之所以直到今天还能深深地触动我们的心灵,不只是因为它缘于一个女子的深情相送,更因为它融注了苏东坡的身世感慨。苏东坡自幼就有救时济世之志,在思想上儒家的进仕精神占主导地位,但他也受佛老思想的影响,从政之初就想及早退归林下,一生都处于"欲仕不能,欲隐不忍"的矛盾之中。自从因反对新法而离京后,东坡虽然有了远离是非争吵之地的逍遥快乐,但也产生了政治上的郁郁不得志。一些旧交因他的外放而疏远,而那些飞扬跋扈、残政扰民的"巧进之士"

和"新进勇锐之人",东坡更是道不同不相与谋。"旧交新贵音书绝",在眼前,只有这位歌妓情意恳切,输肝沥胆,是可以推心置腹的知音。

自己宦游漂泊,歌妓命运多舛,同是天涯沦落人啊,又何况是在这冷雨潇潇的离别之际!多情自古伤离别,与自己最爱重的知音作别,一定是未语先咽,终至于泣不成声。十月初冬,寒风袭人,离愁一如细雨,纷纷扬扬;细雨又如离愁,无穷无尽。姑娘啊,冷风吹落的泪珠,就不要用罗巾擦净了吧,就一任它洒满罗衫吧,等再次相会时,作为相知的见证。

多景楼中酒一樽

何处望神州？满眼风光北固楼。千古兴亡多少事，悠悠。不尽长江滚滚流。　年少万兜鍪。坐断东南战未休。天下英雄谁敌手？曹刘。生子当如孙仲谋。

——《南乡子·登京口北固亭有怀》

千古江山，英雄无觅孙仲谋处。舞榭歌台，风流总被雨打风吹去。斜阳草树，寻常巷陌，人道寄奴曾住。想当年，金戈铁马，气吞万里如虎。　元嘉草草，封狼居胥，赢得仓皇北顾。四十三年，望中犹记，烽火扬州路。可堪回首，佛狸祠下，一片神鸦社鼓。凭谁问：廉颇老矣，尚能饭否？

——《永遇乐·京口北固亭怀古》

这两首词，均出于东坡去世100年后，一位与他齐名的南宋词人辛弃疾的手中。宋宁宗嘉泰四年（1204）三月，辛弃疾被派到镇江做知府，外放到镇江防要地京口（今江苏镇江）。京口是三国时吴国孙权设置的重镇，并一度为都城，也是南朝宋武帝刘裕生长的地方。辛弃疾登高眺望，遥看雄伟江山，怀古忆昔，心潮澎湃，面对列朝的兴亡、滚滚而逝的江水，写下了这两首笔调沉雄凄婉、意境苍凉悲壮的千古名词，使得北固山与北固楼从此在中国的文学地图上占有了一席无可磨灭的位置。

北固山虽是一座小山，但北临长江，石壁嵯峨，山势险固，被称为"天下第一江山"。它与金山、焦山一起并称"镇江三山"。如果说金山多的是佛寺香烛的缭绕，那么北固山多的就是历史沧桑的烟云：刘备招亲的甘露寺，孙氏投江的祭江亭，都让人产生一种今昔之感。

多景楼与东坡有直接关系。据宋张邦基《墨庄漫录》记载："镇江府甘露寺在北固山上，江山之胜，烟云显晦，萃于目前。旧有多景楼，尤为登览之最，盖取李赞皇《题临江亭》诗，有'多景悬窗牖'之句，以是命名。"

熙宁七年（1074）十月，苏东坡自杭州赴密州任途中经过润州（即镇江），其时曾经官至翰林学士的扬州人孙巨源刚好从海州（今连云港）罢任，来到润州与东坡相会。杨绘的《本事曲》详细地记载了这次相会：

> 润州甘露寺多景楼，天下之殊景。甲寅仲冬，苏子瞻、孙巨源、王正仲（存）参会于此。有胡琴者，姿色尤好。三公皆一时英秀，景之秀，妓之妙，真为稀遇。饮阑，巨源请于子瞻曰："残霞晚照，非奇才不尽。"子瞻作此词。

残霞晚照的美景，叱咤一时的英才，琵琶传情的妙妓，人生的际遇，友朋的聚散，这些无疑都激发出了诗人心中的情感。东坡遂作词，调寄《采桑子》：

> 多情多感仍多病，多景楼中。尊酒相逢。乐事回头一笑空。　　停杯且听琵琶语，细撚轻拢。醉脸春融。斜照江天一抹红。

这是一场特殊的音乐活动。晚江景色，诗情画境。妙妓胡琴的一场琵琶演奏，令在座的当世才子忘记了饮用美酒。在词的最后，东坡推出了两个镜头：一个是对琵琶女胡琴醉酒脸部表情的特写，一个是江天夕照一抹红霞的远景，构成了一幅人面与景致交相辉映的画面。据《京口志》记载："甘露寺有多景楼，中刻东坡熙宁甲寅与孙巨源辈会此，赋《采桑子》词。碑石今尚存。"东坡词为一方名胜增光添彩，由此可见一斑。

尖叉诗韵

―

　　熙宁七年（1074）腊月初三，苏东坡到达密州（治所在今山东诸城）任知州。这是他第一次任知州，即地方的一把手。当时的密州，管辖着今天山东诸城、高密、安丘、五莲、胶南、日照等一大片区域。南宋时李清照的丈夫赵明诚是密州人，当代诺贝尔文学奖获得者莫言的故乡高密市，当时也属于密州辖区。

　　苏东坡刚刚进入密州境内，就看到田间小道上，男女老少三五成群在奔忙不已。原来，这一年密州大旱，连月不雨，大旱过后就是蝗灾，秋天蝗虫漫天遍野，把荒草都吃光了。此时的密州，已然进入深冬，早已是农闲时节，但由于蝗虫的肆虐，农民们未敢消停，在寒风中不停地忙碌着，用蒿蔓杂草将满地的蝗虫和虫卵包裹起来，挖地深埋。

　　这样的景象深深地触动了苏东坡。他知道，上任后的第一件要事，就是要组织民众抗旱灭蝗。

　　走马上任不到一个月，就迎来了新年的春节。这年正月初，密州降了雨，先是在黄昏时候下小雨，到了晚上便转为

（明）文伯仁　万山飞雪图

雪。天气寒冷，对衣食不丰的苏东坡来说是件苦事，然而，想到这样的雨雪对解除旱情、消灭蝗虫有益处，他不禁高兴起来。第二天一早，他登上州府北侧破旧的石台（即后来整修的超然台），写下了《雪后书北台壁二首》：

> 黄昏犹作雨纤纤，夜静无风势转严。
> 但觉衾裯如泼水，不知庭院已堆盐。
> 五更晓色来书幌，半月寒声落画檐。
> 试扫北台看马耳，未随埋没有双尖。

> 城头初日始翻鸦，陌上晴泥已没车。
> 冻合玉楼寒起粟，光摇银海眼生花。
> 遗蝗入地应千尺，宿麦连云有几家。
> 老病自嗟诗力退，空吟冰柱忆刘叉。

黄昏时还是小雨纤纤，随着冬夜来临，气温下降，纤纤小雨就变成了漫天大雪。然而这场雨雪过程实在太快，到五更时便雪止，一弯月亮出来了。雪月为冬夜更添寒冷，被子又冷又硬，像结了冰一样。这样的寒冷让东坡一夜没有睡好，他干脆早起，登上北台，南望马耳山，却发现山上尖尖的双耳并没有被雪埋没。不过雪量虽然不大，但遥看雪原，却足以淹没车辙。想来这场雪，适宜小麦过冬，又能冻死一些蝗虫的虫卵，应该算是丰年的祥兆吧。东坡感叹自己已经老了，诗力减退，只能羡慕刘叉那种写雪的诗情了。

这两首诗，在摹景状物之中，寄予了东坡对民生的深切关怀，体现了东坡爱民以仁的情怀。但是，它们之所以能够成为今日各种东坡选集中都无法遗漏的诗作，还在于它以"险韵"而作成好诗。在律诗的诗韵中，"十四盐"属窄韵，"六麻"中的"叉"字是险韵，合韵的字非常少，诗人写作腾挪的空间非常小。在诗家眼中，这是高难度的动作，相当于戴着沉重的脚镣跳优雅的芭蕾舞。而苏东坡却在这样的险韵中掉臂前行，游刃有余。因此，后人纷起仿效，在咏雪的七律中以"尖""叉"为韵脚，形成了别具一格的"尖叉诗"。

东坡诗成，似在诗坛上投下一颗石子，泛起阵阵涟漪。其弟苏辙很快就来了和诗《次韵子瞻赋雪二首》：

麦苗出土正纤纤，春早寒官令尚严。
云覆南山初半岭，风干东海尽成盐。
来时瞬息平吞野，积久欹危欲败檐。
强付酒樽判醉熟，更寻诗句斗新尖。

点缀偏工乱鹄鸦，淹留亦解恼船车。
乘春已觉矜余力，骋巧时能作细花。
僵雁堕鸱谁得罪，败墙破屋若为家。
天公爱物遥怜汝，应是门前守夜叉。

就连苏东坡的政敌王安石，读到苏东坡的诗后也十分佩服，他说"读《眉山集》，爱其雪诗，能用韵"，于是也和了五首诗。不过王安石的和诗，全部和的是第二首，大概也是忌惮"十四盐"韵太窄，难以成诗。这里以其《读眉山集爱其雪诗能用韵复次韵一首》为例：

靓妆严饰曈金鸦，比兴难工漫百车。
水种所传清有骨，天机能织皴非花。
婵娟一色明千里，绰约无心热万家。
长此赏怀甘独卧，袁安交戟岂须叉。

苏东坡的《雪后书北台壁二首》在后世被推为用险韵的

范例,后世诗文因以"尖叉"作为险韵的代称。后来数百年间,又有李东阳、钱谦益、唐孙华等接连效仿,展示才学。这其中,南宋的吕成叔以此二韵作和诗一百篇,大诗人陆游都自愧不如,称其"字字工妙,无牵强凑泊之病"。到了清代,大诗人黄景仁在一首诗中说:"有床眠曲尺,无雪赋尖叉。"梁章钜在《喜雪唱和诗》一诗中说:"素怯尖叉造句难,东坡借雪每生澜。"意思是说:苏东坡用尖叉二韵写的雪诗,在诗坛上生起的波澜不断,我一直都怯于用这两韵写诗造句,实在是太难了。

悼念亡妻

—

至和元年（1054），19岁的苏东坡娶了眉山邻邑青神县的乡贡进士王方的女儿王弗为妻。这时，王弗只有16岁。

从此，王弗跟随苏东坡，度过了短暂的11年的青春。

王弗几乎具有中国传统女性身上的一切优点：勤快，孝顺，温柔，善解人意。刚嫁给东坡时，人们并不知道她知书识字。每逢东坡夜读，她就静静地坐在一旁做针线活。有一次，东坡背书，背着背着，忽然忘了下句，怎么也想不起来，急得抓耳挠腮。王弗在边上看了，抿嘴一笑，轻轻地提示了一句。

虽只是轻轻一句，东坡却大吃一惊，哪里想到自己的妻子，竟是一个深藏不露的文化人！于是，他指着满屋子的书，逐

〔清〕小荷女史　东坡像

一考问，结果王弗都能说出个所以然来。真没想到她如此聪慧，且又沉静自持！这一发现令苏东坡大为惊喜。

后来，苏东坡进京赶考，赴地方为官，王弗都跟随左右。嘉祐六年（1061），东坡到凤翔任签判，王弗带着幼子苏迈，也跟着东坡来到凤翔。她深知东坡心无城府、天真烂漫，所以特别留意与东坡来往的朋友，唯恐他吃亏上当。有时客人来访，她就在屏风后面静听，客人走后就把自己对此人的看法告诉东坡。

有一次客人走后，王弗告诉东坡："这个人你以后要小心点。他说话模棱两可，总是在揣摩你的心思，拣你爱听的说。这种人何必跟他浪费时间？"

王弗的这些分析，往往事后得到证实。

苏东坡是一个率真的人，对人无论亲疏都倾心相待。这种性格，固然让他赢得了无数朋友的喜爱，但在互相倾轧的官场，也没少让他吃苦头。王弗心思缜密，自然弥补了东坡大大咧咧的缺点，成为东坡日常生活中的重要依赖。

然而，东坡想不到的是，在凤翔的岁月，几乎是王弗陪他走过的最后一段路程。

治平二年（1065）五月二十八日，王弗在京师开封因病去世，年仅27岁，留下不满七岁的儿子苏迈。东坡与王弗的婚姻生活，只有11年。这11年，东坡多数时间在外面求取功名，难顾家庭。作为长媳，王弗在家侍奉公婆，勤俭持家。这些，东坡都了然于胸。王弗之死，令东坡肝肠寸断。在《亡妻王氏墓志铭》中，他写道：

> 君得从先夫人于九泉，余不能，呜呼哀哉！余永无所依怙，君虽没，其有与为妇何伤乎？呜呼哀哉！

此后许多年，对王弗的思念常常深入东坡的梦魂。十年后的熙宁八年（1075）正月二十日，在密州的苏东坡梦到了王弗，十年生死，夫妻重会，相顾无言，泪如雨下。醒后，东坡满怀深情地写下了怀念王弗的千古名词《江城子·乙卯正月二十日夜记梦》：

> 十年生死两茫茫，不思量，自难忘，千里孤坟，无处话凄凉。纵使相逢应不识，尘满面，鬓如霜。　　夜来幽梦忽还乡，小轩窗，正梳妆。相顾无言，惟有泪千行。料得年年肠断处，明月夜，短松冈。

这首词有一种直击人心的力量，真挚朴素，缠绵沉痛，感人肺腑，荡气回肠。思念就像梦境一样，在我们毫无防备的时候突然闯入，紧紧地攥住那被尘封的心灵……时光流逝，王弗不知不觉已谢世十年，生死相隔，阴阳殊途；两不相知，怎诉衷肠？这深深的思念，如今都化为梦里的执手相看，无语凝噎！

《江城子》调属婉约，却被苏东坡改造成一首"悼亡词"。在苏东坡之前，文学史上只有用诗和文章悼念亡妻的，如西晋潘岳、唐代元稹的《悼亡诗》都是名篇。而用词来悼念亡妻，却是苏东坡的首创，也是词史上前无古人的第一次。因此，这首词被誉为"千秋第一悼亡词"。苏东坡之后，清代的纳兰性德用词作悼念亡妻卢氏，写下了大量感人的词作：

> 愁痕满地无人省，露湿琅玕影。闲阶小立倍荒凉，还剩旧时月色在潇湘。　　薄情转是多情累，曲曲柔肠碎。红笺向壁字模糊，忆共灯前呵手为伊书。

——《虞美人·秋夕信步》

谁念西风独自凉,萧萧黄叶闭疏窗。沉思往事立残阳。　　被酒莫惊春睡重,赌书消得泼茶香。当时只道是寻常。

——《浣溪沙》

飞絮飞花何处是,层冰积雪摧残,疏疏一树五更寒。爱他明月好,憔悴也相关。　　最是繁丝摇落后,转教人忆春山。湔裙梦断续应难。西风多少恨,吹不散眉弯。

——《临江仙·寒柳》

苏东坡的婉约词,突破了以往婉约词局限于男女艳情和吟风弄月的格调,注入了真挚、深厚的情感,同时融入了自身的坎坷际遇和人生酸楚,从而大大扩展了婉约词的审美价值。纳兰性德承继了这一词风,将深沉婉转的情感注入笔端,为中国文人的谱系写下了深情的一页。

密州出猎

苏东坡任密州知州时的主要任务,就是抗旱、灭蝗。

密州的老农告诉苏东坡,从来"蝗旱相资",如果天降甘霖,旱情解除,蝗虫就会大批死亡。

为祈求上天降雨,为了百姓,熙宁八年(1075),在蝗灾和旱灾最为严重的日子,苏东坡沐浴焚香,素食斋戒,前往常山求雨。常山位于密州城南二十里。《太平寰宇记》说:"祈雨常应,故曰常山。"可见,常山一直是先民祈雨的地方。在祝文中,苏东坡"哀我邦人,遭此凶旱",描述蝗灾和旱灾造成的惨状:"流殍之余,其命如发。而飞蝗流毒,遗种布野。使其变跃飞腾,则桑柘麦禾,举罹其灾,民其罔

有孑遗。"他祈求常山山神解救人民的苦难,并认为"殄民废职,其咎惟均"——一方百姓如果不能安居乐业,那么山神与地方官同样负有不可推卸的责任,同样难辞其咎。

或许是苏东坡的诚意感动了上苍,这次的求雨十分灵验。等到苏东坡求雨完毕,在回城的路上,天空就开始变色了。

> 山中归时风色变,中路已觉商羊舞。
> 夜窗骚骚闹松竹,朝畦泫泫流膏乳。
> 从来蝗旱必相资,此事吾闻老农语。
> 庶将积润扫遗孽,收拾丰岁还明主。

在《次韵章传道喜雨》一诗中,苏东坡欣喜若狂,对抗击蝗灾和旱灾的前景充满希望。

然而,在密州的两年多时间里,蝗灾旱灾持续不断,困扰着这片贫瘠的土地,常山的山神也并不是每次都那么灵验。现存的资料表明,苏东坡在密州期间,至少有六次到常山求雨并写下了祭常山神的祝文。熙宁九年(1076)七月,苏东坡还上书朝廷,请求将常山神封为"润民侯",并得到宋神宗的恩准。

这年十月,深秋季节,红叶飘飞,白云舒卷。苏东坡在祭祀常山庙的归途中,与同僚们举行了一次会猎。常山一带在地形上属于山地、丘陵交错的地区,地势起伏错落,正适

(南宋)陈居中 出猎图(局部)

宜深秋打猎。苏东坡一行人浩浩荡荡在山间平原驰骋,但见苍鹰在空中盘旋,黄犬在地上争先;而马上的苏东坡则意气风发,豪情满怀,一扫知密州以来的低沉压抑的情绪。他作诗《祭常山回小猎》:

> 青盖前头点皂旗,黄茅冈下出长围。
> 弄风骄马跑空立,趁兔苍鹰掠地飞。
> 回望白云生翠巘,归来红叶满征衣。
> 圣明若用西凉薄,白羽犹能效一挥。

意犹未尽,又作词《江城子·密州出猎》:

> 老夫聊发少年狂,左牵黄,右擎苍,锦帽貂裘,千骑卷平冈。为报倾城随太守,亲射虎,看孙郎。　　酒酣胸胆尚开张。鬓微霜,又何妨。持节云中,何日遣冯唐?会挽雕弓如满月,西北望,射天狼。

这是苏东坡的第一首豪放词,也是苏东坡豪放词的典范之作。它风格雄壮,逸怀浩气,慷慨激昂,纵横奔放,如长江大河,瞬息千里,一洗绮罗香泽之态,摆脱绸缪宛转之度,激荡着一股旺盛的青春活力。它别开生面,是后来南宋众多抗战爱国词作的先声,被誉为"千秋第一壮词"。苏东坡雄视千古的词坛霸主地位由此得到确立,豪放派真正杀出了柳七的重围。

对这首词,苏东坡也不无得意。这年年底,他在寄给好友鲜于子骏的信中说道:

> 近却颇作小词,虽无柳七郎风味,亦自是一家。呵呵,数日前猎于郊外,所获颇多,作得一阕,令东州壮士抵掌顿足歌之,吹笛击鼓以为节,颇壮观也。

把酒问月

与有"东南第一州"之称的杭州相比,宋时的密州,是一座寂寞山城。然而,由于苏东坡卸任杭州通判时,弟弟苏辙正在济南出任齐州掌书记,为了能够与苏辙多见几次面,苏东坡便上书乞守与济南较近的密州。可苏东坡到任之后,却一直忙于与蝗灾和旱灾作斗争,竟无缘与苏辙相会。转眼到了熙宁九年(1076)中秋节,这一天,苏东坡宴客超然台,欢饮达旦,大醉。想起五年多没有见面的手足,东坡举杯对月,逸怀高举:

明月几时有?把酒问青天。不知天上宫阙,今夕是何年?我欲乘风归去,又恐琼楼玉宇,高处不胜寒。起舞弄清影,何似在人间。　转朱阁,低绮户,照无眠。不应有恨,何事长向别时圆?人有悲欢离合,月有阴晴圆缺,此事古难全。但愿人长久,千里共婵娟。

——《水调歌头》

皓月当空,亲人千里。俯仰宇宙,孤高旷远。"明月几时有？把酒问青天"化用了李白的"青天有月来几时？我欲停杯一问之"，然而东坡之问比李白之问更加简洁干练，它与"今夕是何年""何事长向别时圆"一起，组成了属于苏东坡自己的"天问"。

追问月亮，苏东坡既不是第一个，也不是最后一个。在他之前，除了李白，张若虚也问过："江畔何人初见月？江月何年初照人？"在他之后，辛弃疾也问："可怜今夕月，向何处，去悠悠？"但是，无论之前还是之后，都没有人像苏东坡那样，在对月亮的追问中，寄予如此深厚的人间情怀。这首词上写青天明月，天上宫阙，中写起舞弄影，乘风归去，下写绮户无眠，悲欢离合，这是空间上的宏大感。他写"此事古难全"，又写"今夕是何年"，从古到今，又有时间上的纵深感。他不仅写了宇宙历史，最重要的是还将自己的思考融入了进去："人有悲欢离合，月有阴晴圆缺，此事古难全。"最终引出了他对人间的祝福和期许："但愿人长久，千里共婵娟。"它不像李白咏月诗作的高标远举，不食人间

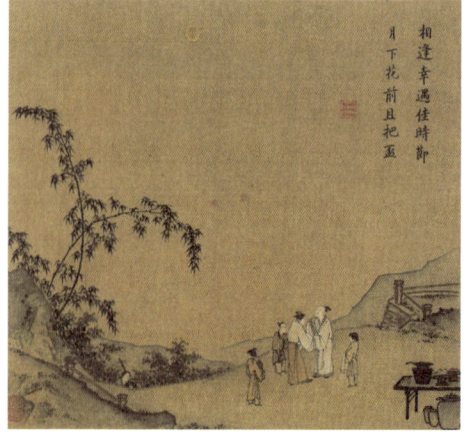

（南宋）马远　月下把杯图

烟火，而是立足于大地和人间，又融入天空和神界，给凡俗的生命以抚慰和柔情。宋代胡仔在《苕溪渔隐丛话》中说："中秋词，自东坡《水调歌头》一出，余词尽废。"千年来，关于该词的评价、鉴赏也是历代不已、汗牛充栋。

实际上，苏东坡一直到了第二年在徐州任知州时，才与弟弟苏辙见面。这年中秋节，兄弟二人在徐州度过，弟弟想起上一年苏东坡作的《水调歌头》，不禁感慨万千，便也作一首《水调歌头·徐州中秋》：

> 离别一何久，七度过中秋。去年东武今夕，明月不胜愁。岂意彭城山下，同泛清河古汴，船上载凉州。鼓吹助清赏，鸿雁起汀洲。　　坐中客，翠羽帔，紫绮裘。素娥无赖，西去曾不为人留。今夜清尊对客，明夜孤帆水驿，依旧照离忧。但恐同王粲，相对永登楼。

东武，即密州。"去年东武今夕，明月不胜愁"一句，说的正是苏东坡在密州超然台作中秋词怀念苏辙一事。

宋代蔡绦在《铁围山丛谈》中记载说，当时有"宋代李龟年"之称的著名歌手袁绹曾告诉他：苏东坡有一次与客人一起游金山，正逢中秋之夕，天宇四垂，一碧无际，江流汹涌，月色如昼。于是一起登上金山顶的妙高台，请袁绹歌唱"明月几时有，把酒问青天"。歌罢，苏东坡翩然起舞，说道："这便是神仙了吧？！"蔡绦因此评论说："吾谓文章人物，诚千载一时，后世安所得乎？"

苏东坡《水调歌头》一出，遂成文人词客争相效仿的对象。黄庭坚也写过一首《水调歌头》：

> 瑶草一何碧，春入武陵溪。溪上桃花无数，花上有黄鹂。我欲穿花寻路，直入白云深处，浩气展

虹霓。只恐花深里，红露湿人衣。　　坐玉石，欹玉枕。拂金徽。谪仙何处，无人伴我白螺杯。我为灵芝仙草，不为朱唇丹脸，长啸亦何为。醉舞下山去，明月逐人归。

金朝赵秉文也有一首《水调歌头》：

四明有狂客，呼我谪仙人。俗缘千劫不尽，回首落红尘。我欲骑鲸归去，只恐神仙官府，嫌我醉时真。笑拍群仙手，几度梦中身。　　倚长松，聊拂石，坐看云。忽然黑霓落手，醉舞紫毫春。寄语沧浪流水，曾识闲闲居士，好为濯冠巾。却返天台去，华发散麒麟。

这其中"我欲穿花寻路，直入白云深处，浩气展虹霓。只恐花深里，红露湿人衣""我欲骑鲸归去，只恐神仙官府，嫌我醉时真。笑拍群仙手，几度梦中身"用的正是东坡"我欲乘风归去……何似在人间"的句格。

宋代鲖阳居士在《复雅歌词》中记载说："元丰七年，都下传唱此词。神宗问内侍外面新行小词，内侍录此进呈。读至'又恐琼楼玉宇，高处不胜寒'，上曰：'苏东坡终是爱君。'乃命量移汝州。"

这个故事看上去说得有鼻子有眼儿，但肯定是穿凿附会编造的故事。首先，苏东坡作此词是在熙宁九年（1076），到元丰七年（1084）已经过去了八年时间，早已不是神宗说的"新行小词"，内侍岂敢再录此词进呈？其次，在乌台诗案期间，官方早已把苏东坡此前的诗文作品翻了个底朝天，宋神宗不可能没有看到过这首词。如果他认为"又恐琼楼玉宇，高处不胜寒"是"爱君"的话，当时为何还要追究苏东坡的罪责并将其贬至黄州待了五年？每一首佳作都可能会有多种解读，但如果将此词对宇宙人生的感叹抛去，穿凿附会于"爱君"之说，那么可以肯定地说，这种理解既侮辱了苏东坡，也侮辱了这首词。

最后，应该指出的是，苏东坡在密州时，在词的创作上迎来了第一个高峰。我们前面所说的《江城子·乙卯正月二十日夜记梦》《江城子·密州出猎》《水调歌头（明月几时有）》这三首词，被后人称为"密州三曲"。它标志着苏东坡豪放、旷达词风的形成，词作史上的豪放派由此诞生。近年来，苏东坡作于密州的另一首小词《望江南·超然台作》也越来越受到重视和传唱。这首词作于熙宁九年的清明节：

> 春未老，风细柳斜斜。试上超然台上看，半壕春水一城花。烟雨暗千家。　　寒食后，酒醒却咨嗟。休对故人思故国，且将新火试新茶。诗酒趁年华。

这首词，集深情婉转与放达超旷于一身，集中地反映了苏东坡身上所具有的丰富性格和美好品性，特别是"休对故人思故国，且将新火试新茶"和"诗酒趁年华"这两句，喻哲理于情感之中，堪称警句名言。

因此，也有人将这首《望江南》，与前面三首一起，称为"密州四曲"。

薄薄酒，胜茶汤

苏东坡为政密州期间，与州学教授赵明叔来往甚密。赵明叔家里贫穷，但喜欢喝酒，不择酒而醉。宋朝朝廷严限官酒，致使东坡无以招待赵明叔，深感惭愧。这个赵明叔，也是个看得开、放得下、今朝有酒今朝醉的"达人"，他有一句名言："薄薄酒，胜茶汤；丑丑妇，胜空房。"苏东坡认为"其言虽俚，而近乎达"，于是"推而广之，以补东州之乐府"，并借其意作《薄薄酒》二首：

薄薄酒，胜茶汤。粗粗布，胜无裳；丑妻恶妾胜空房。五更待漏靴满霜，不如三伏日高睡足北窗凉。珠襦玉柙万人相送归北邙，不如悬鹑百结独坐负朝阳。生前富贵，死后文章，百年瞬息万世忙。夷齐盗跖俱亡羊，不如眼前一醉是非忧乐都两忘。

薄薄酒，饮两钟。粗粗布，著两重。美恶虽异醉暖同，丑妻恶妾寿乃公。隐居求志义之从，本不计较东华尘土北窗风。百年虽长要有终，富死未必输生穷。但恐珠玉留君容，千载不朽遭樊崇。文章自足欺盲聋，谁使一朝富贵面发红。达人自达酒何功，世间是非忧乐本来空。

东坡《薄薄酒》二首传布文坛，遂引起众家的附和之作。黄庭坚认为苏东坡之作"愤世疾邪，其言甚高"，而赵明叔之言"近乎知足不辱，有马少游之余风"。黄庭坚的和作《薄薄酒》二首如下：

薄酒可与忘忧，丑妇可与白头。徐行不必驷马，称身不必狐裘。无祸不必受福，甘餐不必食肉。富贵于我如浮云，小者谴诃大戮辱。一身畏首复畏尾，门多宾客饱僮仆。美物必甚恶，厚味生五兵。匹夫怀璧死，百鬼瞰高明。丑妇千秋万岁同室，万金良药不如无疾。薄酒一谈一笑胜茶，万里封侯不如还家。

薄酒终胜饮茶，丑妇不是无家。醇醪养牛等刀锯，深山大泽生龙蛇。秦时东陵千户食，何如青门五色瓜。传呼鼓吹拥部曲，何如春雨一池蛙。性刚太傅促和药，何如羊裘钓烟沙。绮席象床雕玉枕，重门夜鼓不停挝。何如一身无四壁，满船明月卧芦花。吾闻食人之肉，可随以鞭朴之戮。乘人之车，可加以铁钺之诛。不如薄酒醉眠牛背上，丑妇自能搔背痒。

黄庭坚这二首出后，许多人认为超过了东坡原作。对此，金代的王若虚在《滹南诗话》中认为此乃"皮肤之见"："彼虽力加奇险，要出第二，何足多贵哉！且东坡后篇自破前说，此乃眼目，而山谷两篇，只是东坡前篇意，吾未见其胜也。"

由于《薄薄酒》道出了世相，直到南宋，还有不少诗人继续做着文章，比如于石的作品：

> 薄薄酒，可尽欢。粗粗布，可御寒。丑妇不与人争妍。西园公卿百万钱，何如江湖散人秋风一钓船。万骑出塞铭燕然，何如驴背长吟灞桥风雪天。张灯夜宴，不如濯足早眠。高谈雄辩，不如静坐忘言。八珍犀箸，不如一饱苜蓿盘。高车驷马，不如杖屦行花边。一身自适心乃安，人生谁能满百年。富贵蚁穴一梦觉，利名蜗角两触蛮。得之何荣失何辱，万物飘忽风中烟。不如眼前一杯酒，凭高舒啸天地宽。

无论如何，苏东坡的《薄薄酒》，是他在密州时期超然思想的反映。它取安贫乐道、闲适自在之意，对富贵奢侈生活进行拷问，颇得文人隐士之好。从宋至清，直到《红楼梦》中的《好了歌》，都是一脉相承。

燕子楼空，佳人何在？

―

熙宁十年（1077），苏东坡离任密州知州，并于当年四月到徐州任知州。

徐州是一座历史悠久的古城，有不少可供登临凭吊的古迹，其中的燕子楼，是最易让多情文人们伤感的所在。

这座著名的燕子楼，原是唐代徐州节度使张建封的儿子张愔为他的宠妾关盼盼所建。关盼盼才貌俱佳，"善歌舞，雅多风态"，深为张愔爱重。著名诗人白居易做校书郎，在徐州、泗水一带漫游时，张愔宴请他，酒酣之际，张愔让关盼盼出来舞蹈助兴，白居易因此为她题诗：

醉娇胜不得，风袅牡丹花。

然而张愔英年早逝，关盼盼眷念旧情，誓不再嫁，独居燕子楼，过着与世隔绝的生活。

楼上残灯伴晓霜，独眠人起合欢床。

相思一夜情多少，地角天涯未是长！

——《燕子楼诗》

冬去春来，去年的燕子今年又飞回，日复一日，年复一年,关盼盼就在这种相思中打发着时光,"燕子声声里,相思又一年"。可是,她忘了世人,世人却没有忘记她。相传关盼盼在寡居中,作了三首《燕子楼》诗,"词甚婉丽",结果被当地的员外郎张仲素拿去给白居易看了。白居易知道这是关盼盼所作之后,"感彭城旧游",也写了三首绝句,其中一首就是《感故张仆射诸妓》:

> 黄金不惜买蛾眉,拣得生花三四枝。
>
> 歌舞教成心力尽,一朝身去不相随。

这是在为张愔打抱不平啊:花了那么多黄金买的歌姬,教她们唱歌跳舞,结果自己早逝,歌姬们没有一个人随他而逝。

白居易写这首诗,后人多有批评,是因为他将女性看成了男人的附属物。他的诗一出来,马上就在文坛流传,最终传到了关盼盼的手里。关盼盼不仅痴情,而且有才,她作了一首《和白公诗》:

> 自守空房恨敛眉,形同春后牡丹枝。
>
> 舍人不会人深意,讶道黄泉不去随。

她告诉白居易:我自守空房十多年,形容枯槁,早已不像你所说的在风中袅袅盛开的牡丹花,而像是春天过后,不再开花的牡丹枝。你并不理解我独守空房的深情厚谊,反而惊怪我为什么不跟随爱人一起去死。好吧,既然连您这样的著名诗人、我爱人的老友都无法理解我,那我就遂了您的愿吧。

不久,关盼盼绝食而亡。

这个凄美的故事吸引了无数文人墨客,纷纷吟诗作赋,或悲悼她的薄命,或叹赏她的痴情。苏轼自来徐州,曾多次在燕子楼前盘桓,心中有无穷的感慨,却未曾形诸笔墨。

元丰元年(1078)十月,一个朗月当空的夜晚,苏东坡

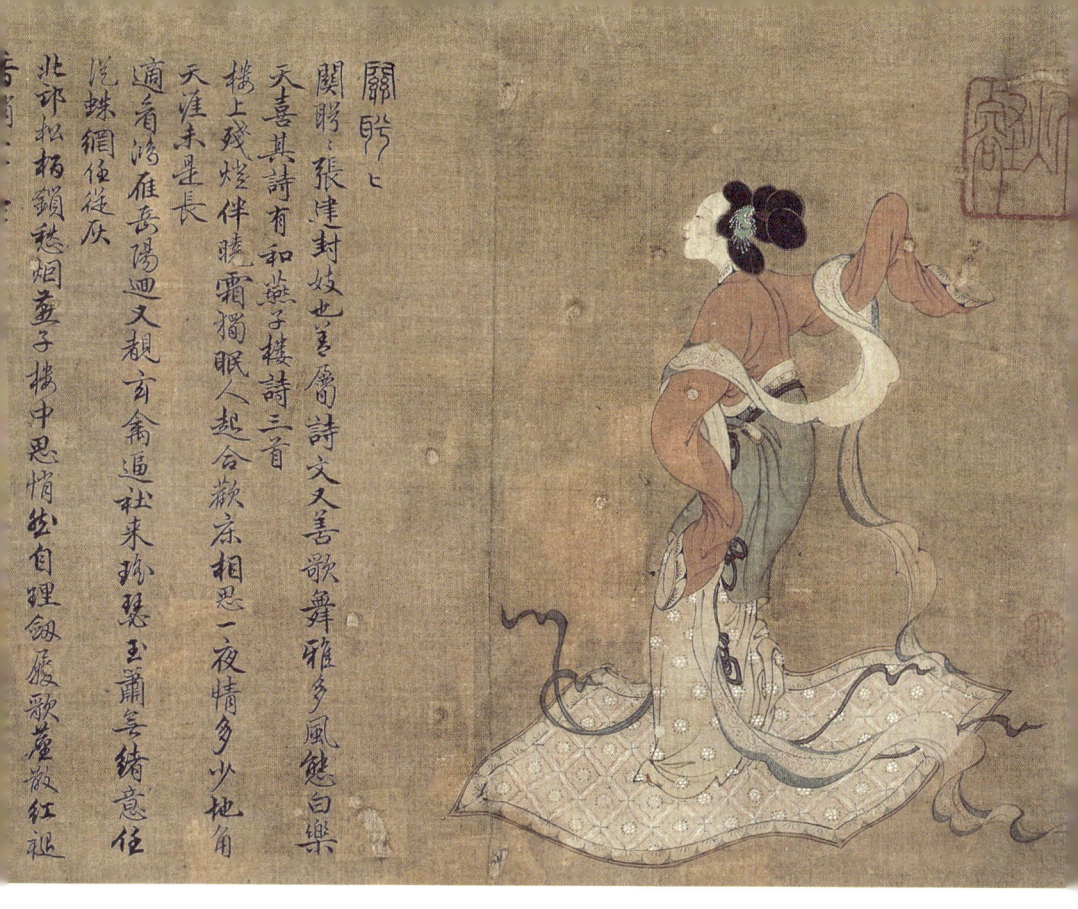

关盼盼

夜宿燕子楼，不想夜半的梦中，关盼盼竟来入梦。醒来后，东坡想起燕子楼的种种旧事，想起古往今来的无数悲欢离愁，又想起梦中关盼盼的惊鸿一瞥，长裙飘曳，一种"古今如梦"的浩叹涌上心头：

> 明月如霜，好风如水，清景无限。曲港跳鱼，圆荷泻露，寂寞无人见。紞如三鼓，铿然一叶，黯黯梦云惊断。夜茫茫，重寻无处，觉来小园行遍。天涯倦客，山中归路，望断故园心眼。燕子楼空，佳人何在？空锁楼中燕。古今如梦，何曾梦觉，但有旧欢新怨。异时对，黄楼夜景，为余浩叹。

——《永遇乐·彭城夜宿燕子楼》

"后之视今，犹今之视昔。"东坡想：或许百年之后，人们登上黄楼凭吊我，就像我在燕子楼前凭吊关盼盼一样，感慨万千，浩然长叹。其实，这首词，只是借他人酒杯浇胸中之块垒，东坡是借了燕子楼的旧迹，来感叹古今盛衰、物是人非的如梦人生，正是张炎所赞的"用事而不为事所使"。郑文焯亦赞此词"咏古之超宕，贵神情不贵迹象"。

多年后，东坡回到京城，弟子秦少游从会稽来探望，东坡问他："最近作了哪些好词？"秦少游说："小楼连苑横空，下窥绣毂雕鞍骤。"苏东坡听了，嫌他啰唆："十三个字就说了一个人骑马从楼前过。"

秦少游又问老师有何佳作，苏东坡也念了十三个字："燕子楼空，佳人何在？空锁楼中燕。"秦少游叹赏不已。后来，晁补之对苏东坡的这几句也很推重："仅三句，就把张建封一事说尽了。"其实晁补之搞错了对象，燕子楼之事的主角是张建封的儿子张愔。

燕子楼

敲门试问野人家

一

元丰元年(1078)春,徐州发生严重春旱。"冬无雪而春不雨,烟尘蓬勃,草木焦枯。"像在密州时一样,作为一州长官,苏东坡前往城东二十里的石潭求雨。说来也奇,东坡求雨之后,竟然接连得雨,旱情解除。

初夏的一个早晨,雨过天晴,东坡前往石潭谢雨。与上次求雨时焦灼的心情不同,他看到沿途一片生机,心中异常轻松。河水泛着粼粼波光,树木散发着初夏的芳香。沿途的村庄里,黄发垂髫都喜气洋洋,跟随着太守一起去石潭谢雨。

如果说,两年前东坡去常山求雨,在回来的路上举行会猎,并创作了《江城子·密州出猎》一词,从而开创了豪放派词风的话,那么,这一次石潭谢雨的文化意义,就在于东坡所创作的五首《浣溪沙》,第一次将词的题材扩大到农村,真实地反映农村生活,其清新健朴的词笔,散发出泥土的清香。

照日深红暖见鱼,连村绿暗晚藏乌。黄童白叟聚睢盱。　麋鹿逢人虽未惯,猿猱闻鼓不须呼。归来说与采桑姑。

谢雨神的活动，惊动了常到潭边饮水的麋鹿，它们对这样的热闹并不习惯；而听到锣鼓声的猴儿们却不呼自到，充满了好奇。这样的盛事，白叟黄童们参与之后，回家后必定会向那些忙于采桑、未能参与的姑娘们说说他们的见闻。在农村生活过的人都有这样的经验，农村生活单调，信息闭塞，一旦有什么外来人员，又碰上敲锣打鼓的乐事，必定会成为这个村里的重大新闻，成为人们茶余饭后久久不散的谈资。

旋抹红妆看使君，三三五五棘篱门。相排踏破茜罗裙。　老幼扶携收麦社，乌鸢翔舞赛神村。道逢醉叟卧黄昏。

这一首写村姑。看到"红妆"一词，人们便知是花枝招展的少女。她们不能像男子那样随便远足去看热闹，而只能在门口围观。快速打扮一下，三三五五地聚集在棘篱门口，争相看那太守的风采。可是你推我挤，便有人尖叫着说裙子被踩破了……

麻叶层层苘叶光，谁家煮茧一村香？隔篱娇语络丝娘。　垂白杖藜抬醉眼，捋青捣麨软饥肠。问言豆叶几时黄？

这一首写村中见闻。经雨之后，麻叶层层茂盛，苘叶滋润泛着光泽。而正值春蚕已老、茧子丰收的季节，村中弥漫着煮茧的清香。白发老翁拄着藜杖，老眼迷离如醉，捋下新麦炒干后捣成粉末以充饥。看到这一幕，东坡流露出关切之情，于是询问豆类作物几时成熟，粮食能否接上。

簌簌衣巾落枣花，村南村北响缫车。牛衣古柳卖黄瓜。　酒困路长惟欲睡，日高人渴漫思茶。敲门试问野人家。

这一首也是村中见闻。徜徉在枣树下,稠密的黄色枣花簌簌地落在衣襟上。蚕事已毕,茧子丰收,村南村北响起了此起彼伏的缫丝声。抬眼望去,就在一株古老的柳树下,一位穿着粗麻衣服的农人,正在叫卖刚刚上市的黄瓜。这是一幅多么迷人的乡村画卷!而此时的东坡大概走得有点累了,又喝了几杯酒,在初夏暖暖的阳光里,觉得意倦口渴,就在一户村野人家前敲门询问,打听一下老乡家有没有茶……

敲门试问野人家

簌簌衣巾落枣花词意图

软草平莎过雨新,轻沙走马路无尘。何时收拾耦耕身? 日暖桑麻光似泼,风来蒿艾气如熏。使君元是此中人。

一场夏雨过后,柔软的青草和整齐的莎草都格外清新。纵马驰骋在沙土路上,干净没有灰尘。阳光照耀下的桑麻,光影婆娑。暖风吹来了蒿艾的熏香,沁人心脾。东坡本就是性喜自由、享受田园之乐的人啊!

这一组《浣溪沙》中,苏东坡写了沿途所见的农村景象,写了绿柳、桑麻、豆叶、枣花、软草、平莎,也写了池鱼、藏乌、鸢鸟,还写到了蒿草的气味、麻叶的光泽、缫车的响声、煮茧的芳香,当然,更有欢欣相聚的黄发垂髫、醉酒老叟、卖瓜农民、看热闹的村姑、缫丝的姑娘……这些共同组成了一幅幅生意盎然的风情画,淳朴,亲切,兴趣无穷,完全突破了"词为艳科"的樊篱。在苏东坡之前,偶尔也有农村题材作品,但那里的渔夫、莲娃,实际上是隐士的化身,是渗透着文人趣味的民间士女,与现实生活有着很大的距离。而东坡的这五首词,描绘了农村的生产、生活情景,以及各式各样的农村人物,为北宋词的社会内容开辟了新天地。清代的王士禛评价说:"'牛衣古柳卖黄瓜',非坡仙无此胸次。"今人周汝昌先生说:"在《全宋词》中,月露风花,比比皆是,寻此奇境,唯有坡公,所以为千古独绝。"

太白之乐

―

百步洪,在徐州城东南不远处。它是泗水的一段,水流湍急,跌宕奔腾。东坡刚到徐州时,就与弟弟苏辙前往游玩,放舟冲浪,非常刺激。他描写百步洪湍急的水流:

长洪斗落生跳波,轻舟南下如投梭。
水师绝叫凫雁起,乱石一线争磋磨。
有如兔走鹰隼落,骏马下注千丈坡。
断弦离柱箭脱手,飞电过隙珠翻荷。
四山眩转风掠耳,但见流沫生千涡。
险中得乐虽一快,何意水伯夸秋河。
我生乘化日夜逝,坐觉一念逾新罗。
纷纷争夺醉梦里,岂信荆棘埋铜驼。
觉来俯仰失千劫,回视此水殊委蛇。
君看岩边苍石上,古来篙眼如蜂窠。
但应此心无所住,造物虽驶如吾何。
回船上马各归去,多言咄咄师所呵。

在这首《百步洪》的前半部分,苏东坡一连用了"投梭""兔走""鹰隼落""骏马下注""弦离柱""箭脱手""电过隙""珠翻荷"八个比喻，来写轻舟南下的迅捷无比，淋漓尽致地描写了百步洪的惊险和刺激。这种比喻方式，当代学者周振甫在《诗词例话》中称之为"博喻"，即用多种形象来形容事物的一种状态或特性，以求得气势雄伟、荡气回肠的艺术效果。钱钟书先生则将其称为"莎士比亚式的比喻"和"车轮战法"。这种修辞方式，通常只在散文中运用，而东坡将其嫁接到诗歌的创作中，也是具有开创性的。

许多年后，东坡对百步洪的记忆，不仅有弄水冲浪的刺激，更有飘飘欲仙的浪漫。那是元丰元年（1078）黄楼之会时，东坡的好友王巩（字定国）到徐州来看望他。王巩是名相王旦的孙子，他的父亲王素知成都时，曾将他托付给东坡，希望东坡教导他做学问，后来他又做了张方平的女婿。东坡和王巩的关系，算是亦师亦友。

王巩为人，颇有些贵公子的风度，他去看望苏东坡，还不忘自带一车家酿的好酒。适逢重阳节，两位好友饮酒赏花，东坡自然也不忘邀请王巩去游百步洪。可是约期来临时，东坡却因公务脱不了身，只得请僚属颜复陪同前往。王巩这人十分好玩，也特别会玩，他别出机杼，带了马盼盼、张英英和卿卿三名歌妓，乘小舟，游泗水，登圣女山，下百步洪，直到夜色苍茫，才载歌载舞，戴月而归。

这天白天，苏东坡因有公事，没能陪王巩等人一起游玩。到了黄昏，公事完了，东坡便在黄楼摆好了酒，等待王巩他们归来。他穿了一件五彩羽衣，把自己打扮成"羽化而登仙"的仙人，站在黄楼之上，遥望一叶扁舟，乘着月色飘然而至。舟行渐近时，悦耳的笛声响彻夜空，隐隐可见王巩、颜复各拥佳人，相视而笑。溶溶月光下，远处舟中人衣带飘飘，近前楼上人羽服当风……此情此景，东坡欣然叹道："自李太白死，世间无此乐，三百余年矣！"

诗，酒，月光，女子，友人，河流，小舟，这是属于苏东坡和王巩的"白衣飘飘的年代"。人生总是乐少而哀多，聚短而离长，即便如苏东坡者，这样的欢聚也并不多见。因此，王巩离开徐州后一个多月，好友参寥来徐州看望苏东坡时，苏东坡便"追怀曩游，以为陈迹，喟然而叹"。叹什么呢？苏东坡是个多情的人，而多情的人总是对过往的友谊和欢乐多一份怀想，对时间的流逝和人生的无常多一份敏感。

不逐春风上下狂

苏东坡在徐州时，九月的一天，门吏来报，有僧人参寥求见。僧人参寥，俗姓何，号参寥子，又称道潜和尚，於潜（今浙江临安）人。东坡在杭州任通判时，在临平山看到一首诗写道：

> 风蒲猎猎弄轻柔，欲立蜻蜓不自由。
> 五月临平山下路，藕花无数满汀洲。
> ——《临平道中》

东坡见诗写得清新可爱，就打听诗的作者。后来终于知道出自参寥之手，两人遂一见如故，成一世好友。

听说参寥来访，东坡大喜，忙迎出门外。只见参寥身披袈裟，手持斋钵禅杖，神采奕奕，面色红润。

苏轼见了参寥，道："法师玉洁冰清，俗官今日何幸，劳大师光临！"

参寥说："独依古寺种秋菊，要伴骚人餐落英，故不惮千里，贸然造访。"

两人相见，禅语机锋，哈哈大笑。

第二天,东坡举办宴会,为参寥接风洗尘。开宴前,东坡向官妓马盼盼低声吩咐了几句。

酒酣之际,马盼盼走到参寥面前,屈身施礼,然后从桌上端起两只酒杯,把一只给参寥,带有挑衅地说:"'有敦瓜苦,烝在栗薪,自我不见,于今三年。'法师,饮奴一杯酒,赏奴一首诗,以慰奴三年相思苦!"

马盼盼刚刚说完,一座哄然大笑。原来,马盼盼话中的"有敦"四句,出自《诗经·豳风·东山》。诗中主人公是戍边的士兵,想到新婚之时,夫妻各执一半苦瓜瓢,饮交杯酒的情景,而如今那苦瓜瓢高高挂在柴火堆上,已经三年没有用了。马盼盼引用《东山》诗,是故意用这种世俗的男女之情调戏参寥,想要看看参寥是否真的断了尘缘。

苏东坡听了马盼盼的话,开怀大笑,说:"好一个狡黠的盼盼!"

然后调侃参寥说:"法师,怕你难守本心了啊!"

参寥微微一笑,当即口占一绝:

> 寄语东山窈窕娘,好将幽梦恼襄王。
> 禅心已作沾泥絮,不逐春风上下狂。
>
> ——《口占绝句》

吟完,闭目合十,说:"阿弥陀佛!"参寥话音一落,满座惊叹,纷纷称赞参寥回答得快,回答得妙:"法师新诗如弹丸,脱手不暂停。佩服!佩服!"

一个幕僚转身对马盼盼说:"你那阳台幽梦,只好去烦恼襄王了,我们的参寥禅师可是心清如水,心如止水啊。"

苏东坡也赞叹说:"我也曾见柳絮落泥中的情景,几次想写进诗里,都没有如愿,想不到今天被法师抢先了。法师新诗如玉屑,出语便清警,俗官真不可企及了!"

参寥这次来会东坡，名声大振。东坡留他同游，吟诗谈禅，十分投机。

元丰二年（1079）七月，苏东坡因乌台诗案入狱。十二月，贬为黄州团练副使。参寥闻讯，经长途跋涉，相从于黄州。十年后，元祐四年（1089）七月，苏东坡出知杭州，与参寥的交游更加密切。绍圣元年（1094）六月，苏东坡远贬惠州，参寥得知这个消息，想到苏东坡去后这几年来，再也不曾有过昔日诗友盛会，不禁万般感叹，写了《湖上》绝句二首：

去岁春风上苑行，烂窥红紫厌平生。
而今眼底无姚魏，浪蕊浮花懒问名。

城隈野水绿逶迤，袅袅轻舟掠岸过。
欲采芸兰无觅处，野花汀草占春多。

这两首诗，抒发了参寥的郁结不平之气。第一首诗说，去年在京城御花园里，种满了姚黄魏紫这类名贵的牡丹花，贪婪纵情地观赏，真是堪慰平生啊！而如今只有一些"浪蕊浮花"，他不屑一顾，也懒得去问姓名。第二首诗说，春天来了，水已染绿，风鼓船帆，可无处寻找馥郁的芸香和高洁的幽兰，只有微贱卑下的野花汀草占尽了春光。

参寥对不见"姚魏""芸兰"的惋惜，对独占春光的"浪蕊浮花""野花汀草"的蔑视与愤怒，实际上是指斥小人当道，排挤忠良，感叹苏东坡一类人物的不幸。因此，这两诗传出，当权者以为诗含讥刺，交有司论罪，逼令参寥蓄发还俗，后来又把他流放，由州府编管，参寥吃了不少苦头。

世道不公，但凡还有点不平之气，谁又能彻底了悟？苏东坡不能，参寥也做不到！

胸有成竹

—

文同（1018—1079），字与可，梓州永泰（今四川盐亭）人，世称"石室先生"，由于死前曾受命担任湖州的地方官，又称"文湖州"。宋朝宰相文彦博曾赞他"襟韵洒落，如晴云秋月，尘埃不到"。他是苏东坡的从表兄，北宋时期著名的画家，以擅画墨竹著名。他曾深入竹乡观察体会，下笔迅速，以墨色深浅描绘竹子远近、向背，开创了画史上的"湖州画派"。他画的《墨竹图》，如今收藏在台北故宫博物院，画的是一枝纡曲之竹，因以墨代色，如粉墙纸窗上的竹影一般单纯而生动。

文同在洋州（今陕西洋县）为官时，曾在多竹的筼筜谷中筑亭写生，并画《筼筜谷偃竹》赠给苏东坡。后来，苏东坡写了一篇《文与可画筼筜谷偃竹记》来纪念文同。这是中国散文史乃至文论史、画论史上一篇重要的文章。在这篇文章中，苏东坡提出了"胸有成竹"的理论。

在文章的开头，苏东坡就提出了一个问题：

竹之始生，一寸之萌耳，而节叶具焉。自蜩腹

> 蛇蚹以至于剑拔十寻者，生而有之也。今画者乃节
> 节而为之，叶叶而累之，岂复有竹乎？

竹子刚长出来时，只是一寸长的嫩芽，可是却节、叶俱全。从蝉腹、蛇鳞般的小笋，长到挺直的几丈高的巨竹，从来都是有节有叶的。可是现在的人画竹时，却是一节一节地接起来，一叶一叶地堆上去，这样做哪里还有竹子呢？

接着，苏东坡提出了解决问题的答案：

> 故画竹，必先得成竹于胸中，执笔熟视，乃见其所欲画者，急起从之，振笔直遂，以追其所见，如兔起鹘落，少纵则逝矣。

画竹，一定要心里有完整的竹子，拿着笔凝神而视，就能看到自己心里想要画的竹子了。这时快速地跟着自己的所见去画，去捕捉看到的形象，就像兔子跃起、鹘鸟降落一样迅速，稍纵即逝。

这就是成语"胸有成竹"或"成竹在胸"的由来。

苏东坡交代说，这个道理，是文同教给他的。然而，苏东坡心里明白应该这样做，但是下笔作画时却做不到。为什么？他反思说，

（北宋）文同　墨竹图

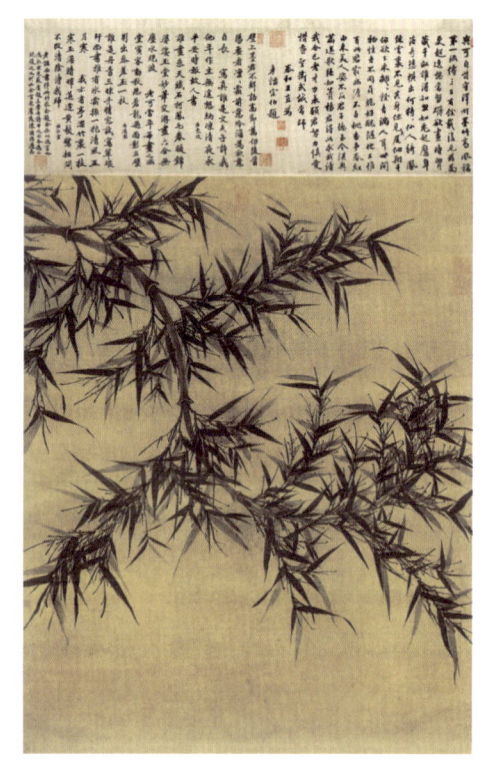

那是因为"内外不一，心手不相应，不学之过也"。认识和行动不统一，理解道理和实际操作不能一致，这都是学习不够的毛病。

从作画说开去，苏东坡认为，不只是作画，"凡有见于中而操之不熟者，平居自视了然，而临事忽焉丧之"。很多事情都是这样，常常是心里了解而不能熟练地去做，平时自以为很清楚，但事到临头却忽然不明白了。"一看就会，一学就废"，这样就不能算"成竹在胸"，要做到"胸有成竹"，就需要不断地学习实践。

在说了这一通道理之后，苏东坡开始讲故事。他说，文同开始时并不拿自己的画当宝贝，但是很多人识得他的画的价值，带着丝绢等贵重礼品来求画的人摩肩接踵，这让文同很厌烦。他把那些丝绢丢在地上，恨恨地说："我要拿这些东西去做袜子！"成为士大夫间的笑谈。

后来，文同自洋州回京师，苏东坡去徐州任知州，文同对苏东坡说："我近来告诉士大夫们说，我们墨竹画派近在徐州，你们可以去那里求画。这回袜子材料应当集中到你那里了。"还写了一首诗，其中说道：

> 拟将一段鹅溪绢，扫取寒梢万尺长。

苏东坡看到这一句诗，便与文同开玩笑说："竹子长万尺，应该可以换二百五十匹绢，我知道你是懒怠作画，只是想要得到这些绢而已！"

文同无言可对，就说："你说错了，世上哪里有万尺长的竹子呢？"

苏东坡对此做出了解释，给他写了一句诗："世间亦有千寻竹，月落庭空影许长。"意思是月落庭空之时，竹子的影子就有万尺。

文同见诗后笑说:"苏子瞻真是善辩啊!若真有二百五十匹绢,我就要买田还乡养老了。"于是,就把他所画的《筼筜谷偃竹》赠给了苏东坡,说:"这竹子虽然只不过数尺,却有万尺的气势。"

此前,文同曾经让苏东坡作《洋州三十咏》诗,《筼筜谷》就是其中的一首。这首诗说:

汉川修竹贱如蓬,斤斧何曾赦箨龙。

料得清贫馋太守,渭滨千亩在胸中。

大意是:你洋州的竹子太多,便宜得像蓬草一样;可是你家的斧子,何曾饶过那些竹笋。我想你这个又穷又谗的太守,把渭河边上千亩的竹笋都吃到肚子里去了吧!

文同那天正和他的妻子在谷中游赏,烧笋当晚饭吃,打开信封看到诗,禁不住大笑,把嘴里的饭喷了满桌子。

元丰二年(1079)正月二十日,文同死于陈州。那一年四月,苏东坡从徐州调任湖州,这里正是文同还没到任就去世的地方。七月七日那天,苏东坡在湖州晾晒书画,再次见到这幅文同的《筼筜谷偃竹》画,想到与他的深情厚谊,停止了晾书,失声痛哭起来。

乌台诗案

一

元丰二年（1079）七月下旬的一天，从京城开封到浙江湖州的官道上，马蹄翻飞，尘土飞扬，中使皇甫遵父子，率领两名御史台捕快，杀气腾腾地来到湖州州衙，逮捕湖州知州苏东坡。"顷刻之间，拉一太守，如驱鸡犬。"此时，苏东坡刚从徐州知州调任湖州知州，到任还不到一百天。

这就是历史上著名的乌台诗案。御史台，是中国古代的中央行政监察机关，也是中央司法机关之一，负责纠察、弹劾官员。宋神宗即位后，遇到重大案子，常指定朝官组成临时机构进行审判，这个工作一般就由御史台兼办。因御史台院内遍植柏树，终年有乌鸦栖息，故有别名"乌台"，又名"柏台"。苏东坡因诗入狱，案情由御史台办理，因此被称为乌台诗案。

苏东坡在杭州、密州、徐州等地做地方官时，恰是宰相王安石及其提拔的变法派主政时期。王安石变法期间，一些投机变法的官吏，在推行新法过程中浑水摸鱼，为捞取个人利益而鱼肉百姓，压榨人民。苏东坡在各地当官时，亲眼看到了新法的推行给当地百姓带来的痛楚，就在诗文中表达了一些对朝政和新法的不满。到湖州任知州后，苏东坡向宋神宗写了一道谢表。此表虽然是为谢恩而写，却把平时心中的愤懑不平贯注其中，对时政表达了不满："知其愚不适时，难以追陪新进。察其老不生事，或能牧养小民。"

这一点，正好被在朝的一些奸佞小人利用。王安石致仕之后，李定、舒亶、何正臣等人深文周纳，罗织罪名，向亲自主持变法的神宗屡进谗言，说苏东坡"愚弄朝廷，妄自尊大"，甚至"包藏祸心，怨望其上，讪渎谩骂而无复人臣之节"，使神宗相信苏东坡是在攻击自己，于是发旨要"一查到底"。

此后，李定、舒亶、何正臣等人又怂恿副相王珪检举苏东坡的《王复秀才所居双桧》诗。诗云：

凛然相对敢相欺，直干凌空未要奇。

根到九泉无曲处，此心惟有蛰龙知。

王珪以此诗进呈，诬告说："陛下飞龙在天，苏轼却求知于地下的蛰龙，这不是不臣又是什么？"

站在一旁的章惇看不过眼，开口了："自古称龙者，不独人君，人臣也可以称龙。"

神宗这次也没有上当，反问道："自古称龙的人多了去了，比如荀氏八龙，孔明卧龙，难道也是人君？"

退朝后，章惇还质问王珪："你想把人家全家都弄死吗？！"

王珪涨红了脸，搪塞道："这是舒亶说的。"

章惇更火了："舒亶？舒亶的口水你也吃吗？！"

不久，狱吏问苏东坡该诗一事，东坡答曰："王安石诗'天下苍生望霖雨，不知龙向此中蟠'，此龙是也。"意思是，你们的老领导王安石不是也写过龙吗？我写的这个龙，就是他写的那个龙！

眼见再审就审到自己的老领导头上，李定他们再也不敢追问下去。

东坡入狱后，儿子苏迈每天到监狱送饭、看望他。他与苏迈暗中约定，平时送饭只送蔬菜和肉，如果听到不测的消息，就撤掉菜与肉，以鱼相送。然而，一个多月后，苏迈一次有事外出，托友人送饭，又忘记了交代朋友他与东坡的暗号。事有凑巧，友人恰好弄到了一条鱼，就顺便送了过去。东坡一看送鱼过来，心中大悲，想是凶多吉少，悲怆之余，挥笔写下两首诗，托给了一位"仁而有礼"的狱卒梁成，说如果自己被处死的话，希望这些诗能够送到苏辙手里：

圣主如天万物春，小臣愚暗自亡身。
百年未满先偿债，十口无归更累人。
是处青山可埋骨，他年夜雨独伤神。
与君世世为兄弟，更结来生未了因。

柏台霜气夜凄凄，风动琅珰月向低。
梦绕云山心似鹿，魂惊汤火命如鸡。
眼中犀角真吾子，身后牛衣愧老妻。
百岁神游定何处，桐乡知葬浙江西。

这两首诗的题目很长，叫作《予以事系御史台狱，狱吏稍见侵，自度不能堪，死狱中不得一别子由，故作二诗授狱卒梁成，以遗子由》。据后人叶梦得的推断，东坡写这两首诗时就料到，狱卒梁成不敢将诗作隐藏起来，必然会呈报皇上。果然不出所料，宋神宗本来就没有杀东坡的意思，见了这诗中拍马屁"圣主如天万物春"，还自责悔过"小臣愚暗自亡身"，顿时动了恻隐之情，就决定对东坡宽大处理。

实际上，前一首诗感人的地方，恰恰不是头两句，而是后面六句。中国的古代诗作，写恋情的，写友情的，写夫妻之情的，写父子（母子）之情的，都不乏上乘作品。但是写兄弟之情而又感人至深的，却是凤毛麟角。东坡念及兄弟之情而抒发的"是处青山可埋骨，他年夜雨独伤神"的悲伤，以及他所发出的"与君世世为兄弟，更结来生未了因"的愿望，至今让人们对兄弟间这样的生死之谊感佩不已。

这首诗最终救了他。当然救了苏东坡的，还包括弟弟苏辙、宋代偃武兴文、不杀大臣的制度传统，以及他的朋友、当朝的官员、太后甚至王安石。

当李定、舒亶等人欲置苏轼于死地之时，神宗一直举棋不定：按照太祖誓约，除叛逆谋反罪外，一概不杀大臣。难道苏轼犯有叛逆谋反罪吗？

宰相吴充奋力相救，甚至直言：

> 陛下以尧舜为法，薄魏武（曹操）固宜，然魏武猜忌如此，犹能容祢衡，陛下不能容一苏轼，何也？

退居金陵的王安石也上书说：

> 岂有盛世而杀才士乎？

十二月二十九日，东坡被释出狱。按照以官赎罪的办法，东坡责受检校水部员外郎、黄州团练副使。与东坡关系密切的弟弟苏辙、驸马王诜、好友王巩三人谪降贬官，与东坡有诗文往还的，自张方平以下二十二人罚铜数量不等。

《文献通考》中说："检校官一十九，末为水部员外郎。"说明东坡虽然还在皇家官僚体系内，但已经是这个体系中最低等的官员了——与其说是官员，不如说是下放劳改更好

些。不过,即便如此,重获自由的苏东坡依然欣喜无比,他依前韵而欣然命笔,再次赋诗,诗为《出狱次前韵二首》:

> 百日归期恰及春,余年乐事最关身。
> 出门便旋风吹面,走马联翩鹊啅人。
> 却对酒杯浑似梦,试拈诗笔已如神。
> 此灾何必深追咎,窃禄从来岂有因。

> 平生文字为吾累,此去声名不厌低。
> 塞上纵归他日马,城东不斗少年鸡。
> 休官彭泽贫无酒,隐几维摩病有妻。
> 堪笑睢阳老从事,为余投檄向江西。

从牢狱中走出来,迎面而来的春风是多么亲切,自由飞翔的鸟鹊是多么让人羡慕!已有几个月没有喝酒了,如今面对酒杯,竟然像做了一场梦一样。拿起笔来,又感觉文思泉涌、下笔如神了。塞翁失马,焉知非福?经历一次磨难,已经成熟许多。回想过去,一生都为文字所累,从今以后,再也不羡慕那些因写文章走红的人了,要那么大的名气作甚?东坡宁愿在塞上草原,骑着马自由驰骋,也不会与那些斗鸡走马的纨绔子弟为伍。隐居桃源的陶渊明和信仰佛教的维摩诘居士从此就是自己的榜样,只可惜弟弟苏辙无端受了连累,被贬到偏远的江西去了。

何人把酒慰深幽？

陷于乌台诗案中的苏东坡，在经历了一百多日牢狱之灾后，被贬为黄州团练副使。元丰三年（1080）正月初一，苏东坡出狱的第三天，举国上下正在欢度新年之际，45岁的他在御史台差人的押解之下，携长子苏迈等人，离开京城开封前往谪地黄州。

初到黄州时，是苏东坡精神上最痛苦难熬的时期。体现这一时期他的精神状态的，就是屡见于其诗文中的"幽"字。

> 春来幽谷水潺潺，的皪梅花草棘间。
> 一夜东风吹石裂，半随飞雪渡关山。
>
> 何人把酒慰深幽？开自无聊落更愁。
> 幸有清溪三百曲，不辞相送到黄州。
> ——《梅花二首》

正月二十日，苏东坡一行进入黄州境内。当经过麻城县城之东的关山之时，草丛之间的一树梅花映入了东坡的眼帘：静静的山谷之间，流水潺潺，雨雪绵绵。而盛开后的梅花，被寒风一吹，便随风摇落，仿佛向落难的诗人倾吐她同病相怜的情怀。在苏东坡为此即兴口占的两首小诗中，先后用了两个"幽"字：一则命之以山谷，一则赠之以梅花。幽谷中落入草棘、无人相识的梅花，开也无聊，落更添愁，又有谁能把酒相慰？

一切花语皆人语也。在此之前，东坡为之写诗最多的，是雍容富贵的牡丹，而经风历雪的梅花，很少进入东坡的诗笔。自乌台诗案后，诗人开始理解花开偏遇风雨相催的凄凉心境。

刚到黄州，苏东坡谪居在黄州城东南的定惠院。定惠院环境清幽，有茂林修竹，荒地蒲苇，又有百鸟翔集，嬉闹争鸣。在一个东风送暖、玉宇无尘的月夜，苏东坡写道：

> 幽人无事不出门，偶逐东风转良夜。
> 参差玉宇飞木末，缭绕香烟来月下。
> 江云有态清自媚，竹露无声浩如泻。
> 已惊弱柳万丝垂，尚有残梅一枝亚。
> 清诗独吟还自和，白酒已尽谁能借？
> 不惜青春忽忽过，但恐欢意年年谢。

顺着"幽谷""幽花"的意境，苏东坡在这首《定惠院寓居月夜偶出》中，第一次将自己称为"幽人"，一个寂寞、忧伤、无人相识、顾影自怜的形象呼之而出。事实上也是如此，自从寓居定惠院以来，苏东坡心情忧郁压抑，想写诗抒怀，却无人唱和；欲借酒浇愁，却无处欠赊。青春飞逝，而欢愉日少；举目无亲，而故旧绝交。在这样的境况下，自己唯有拣霜林，结茅舍，听松风，穿花月，在大自然的抚慰下，舔舐着伤口。

没过多久，又一个深夜，苏东坡再次出定惠院散步，此时残月西斜，更漏已断。政治上的失意，人生中的彷徨，种种滋味再次袭上心头：

缺月挂疏桐，漏断人初静。谁见幽人独往来，缥缈孤鸿影。　惊起却回头，有恨无人省。拣尽寒枝不肯栖，寂寞沙洲冷。

这一首《卜算子·黄州定惠院寓居作》，充满了寂寞孤独的意象：缺月、疏桐、孤鸿、寒枝、沙洲……在历代词人的作品中，鲜有用如此密集繁复的意象来描绘萧瑟凄清的画面。他以"孤鸿"自喻，把冷落凄清的外在环境与孤寂惆怅的内心相互交融，将自己的抑郁充塞于天地之间，与万物共鸣，从而使自己的心情获得了宣泄。

当然，如果只是一味地表现孤独和寂寞，那不是苏东坡

缺月挂疏桐词意图

的境界。"拣尽寒枝不肯栖",在深沉的孤独凄苦中又寄予自己"良禽择木而栖"的人生信条和高洁情操,虽遭厄运却不苟流俗,这才是真正的苏东坡。

这首词在后世,历代好评如潮。苏东坡的弟子黄庭坚谓其"语意高妙,似非吃烟火食人语,非胸中有万卷书,笔下无一点尘俗气,孰能至此"。

不过,对于这首词的解读,后人多有附会,甚至有说它是写给一位因爱慕东坡不得而死去的女子的。这些故事说得有鼻子有眼,但不足为信,比较有代表性的是王楙《野客丛书》卷二十四所记载的一段:

> 尝见临江人王说梦得,谓此词东坡在惠州白鹤观所作,非黄州也。惠有温都监女,颇有色,年十六,不肯嫁人,闻东坡至,喜谓人曰:"此吾婿也。"每夜闻坡讽咏,则徘徊窗外。坡觉而推窗,则其女逾墙而去。坡从而物色之,温具言其然,坡曰:"吾当呼王郎与子为姻。"未几,坡过海,此议不谐,此女遂卒,葬于沙滩之侧。坡回惠日,女已死矣,怅然为赋此词。坡盖借鸿为喻,非真言鸿也。"拣尽寒枝不肯栖"者,谓少择偶不嫁,"寂寞沙洲冷"者,指其葬所也。

人似秋鸿来有信

一

苏东坡在黄州，与当地的百姓、官员都建立了良好的关系。邻里之中，有几个人与苏东坡关系最为密切。一个叫潘丙，是个屡试不第的书生，在村里以卖酒为业；一个叫郭遘，是唐代名将郭子仪的后代，在城西开了一家药店；一个叫古耕道，像他的名字一样古道热肠，颇有侠义之风，苏东坡戏称他为唐代侠士古押牙的子孙。他们虽然都是市井中人，但都豪爽义气。当时东坡以戴罪之身贬谪黄州，许多旧友都避而远之，但这些野老村夫却没有那么多顾忌，也不势利，反而与东坡打成了一片。有诗为证：

潘子久不调，沽酒江南村。
郭生本将种，卖药西市垣。
古生亦好事，恐是押牙孙。
家有一亩竹，无时容叩门。
我穷交旧绝，三子独见存。

——《东坡八首之七》（节选）

（北宋）王诜　春游晚归图（局部）

苏东坡在黄州的谪居生活中，因为有了潘丙、古耕道等人的存在，留下了更多的诗篇。其中最为巧合的是，他们连续三年，在每年的正月二十日相约外出探春。苏东坡每次探春都留下了用同一韵脚写下的诗篇，难得的是，这些诗篇后来都成为东坡诗中的名篇。

元丰四年（1081）正月二十，苏东坡前往岐亭看望好友陈慥，潘丙、郭遘、古耕道三人一直送他到离黄州十里远的女王城。此时江柳初发，流水潺潺，四个人席地而坐，饮酒赏春。苏东坡忽然想起，一年前的正月二十日，自己来黄州时正经过关山，山上细雨霏霏，梅花幽独，心境何等寂寥！于是赋《正月二十日往岐亭，郡人潘、古、郭三人送余于女王城东禅庄院》诗曰：

十日春寒不出门，不知江柳已摇村。

稍闻决决流冰谷，尽放青青没烧痕。

数亩荒园留我住，半瓶浊酒待君温。

去年今日关山路，细雨梅花正断魂。

第二年（1082）初春，他与潘丙、郭遘二人相约出城探春，恰恰又是正月二十。那时，东风尚未吹起，城里依旧萧索。诗人想起往事，心有所感，于是追和前韵，赋诗《正月二十日，与潘、郭二生出郊寻春，忽记去年是日同至女王城作诗，乃和前韵》一首：

东风未肯入东门，走马还寻去岁村。

人似秋鸿来有信，事如春梦了无痕。

江城白酒三杯酽，野老苍颜一笑温。

已约年年为此会，故人不用赋招魂。

东坡想表达的是：就像迁徙的秋雁一样准时，我们每年此日到这里寻春，可往事如梦，了无痕迹。然而尽管如此，小小江城的美酒，寄予了多少人间的温暖。远方的朋友啊，不必为我忧虑，不必为我操心，我已经可以在这里愉快地生活了，而且也已经与当地的朋友们约定，以后年年今日来城郊相聚，迎接一年中最美的时光。

第三年（1083）正月二十，他们依旧如约前往。苏东坡再和前韵，作《六年正月二十日，复出东门，仍用前韵》：

乱山环合水侵门，身在淮南尽处村。

五亩渐成终老计，九重新扫旧巢痕。

岂惟见惯沙鸥熟，已觉来多钓石温。

长与东风约今日，暗香先返玉梅魂。

这已是苏东坡来到黄州的第四个年头，这里的山水草木、人情事物，对他来说都是如此熟悉而亲切：没有深文罗织，没有机关巧算，在这种天真、自由中老去，也未尝不是一件好事。应当指出的是，这几首诗，在东坡的律诗中都是佳品。苏东坡在与这些引车卖浆之流建立的友谊中，在准时与春天的约会中，在诗歌的写作中，对抗着贬居物质生活的贫困和精神的痛苦，也在此中获得了救赎。

河东狮吼

一

苏东坡在黄州时,有一个过从甚密的好友,叫陈慥,字季常。他与陈慥的关系,既是故交,又算新朋。说是故交,是因为陈慥是苏东坡曾经的上司陈希亮的儿子,早在凤翔时两人就已相识;说是新朋,是因为在凤翔时两人交往不多,后来近20年也没有见过面,一直到东坡被贬黄州,两人在岐亭意外相遇,此后交往频繁,成为知己。

陈慥年少时性情夸诞,使酒好剑,花钱如流水,颇有浪子做派。有一次,他回四川老家,带着两名艳丽的侍女,让她们身着青巾,腰佩玉带,脚踏红靴,一身戎装打扮,骑着骏马四处游玩。每到风景佳处,便盘桓数日。这件事在风气保守的凤翔小城很快传开,成为奇闻。苏东坡当年初入仕途,以才气自负,与陈慥却性情投合,一见如故。

然而自那以后,苏东坡就在官场迁徙,与陈慥鲜有晤面。元丰三年(1080)正月,苏东坡在被贬往黄州的路上,经过岐亭附近时,忽见一人从缓坡处奔驰而下。待到来至近前,定睛一看,竟是陈慥,十多年不见,竟然会在这里相遇！两人见面，便互相问候，询问到了这里的缘由。苏东坡诉说了自己被贬的经过，陈慥一开始低头不语，随后却仰天大笑，连声邀请苏东坡去他家小住几天。

到了陈慥家里，只见家中"环堵萧然"，几乎是家徒四壁，但陈慥的妻子、孩子，以及奴仆女婢们，脸上都没有那种悲苦之色，反而流露出对生活颇为满意的神情。苏东坡感到非常奇怪，陈家世代为官，基础雄厚，如果陈慥也去当官，奔走于仕途，恐怕早已经是达官贵人了。况且陈慥家在洛阳的园林宅第，富丽堂皇不亚于王侯之家，在黄河的北面又有良田千顷，每年能得丝帛无数，为什么陈慥要抛弃这一切，偏偏跑到这个偏僻的山野过起隐居的生活呢？但转念一想，光州、黄州一带奇人异士很多，陈慥行事又素来不从俗众，因此也就放下不提。

这一次，苏东坡在陈慥家住了五天后，继续前往贬所黄州。陈慥骑马相送，两人约定长相往来，才就此别过。果然，此后苏东坡在黄州的四年多中，两人来往密切，陈慥成为苏东坡贬谪黄州时最为重要的朋友之一。

元丰八年（1085），苏东坡在离开黄州去常州的路上，写了一首诗给好友吴仁德和陈慥，诗名为《寄吴德仁兼简陈季常》，其中有四句：

龙丘居士亦可怜，谈空说有夜不眠。

忽闻河东狮子吼，拄杖落手心茫然。

龙丘居士即陈慥，那么"河东狮子吼"是什么意思呢？南宋洪迈在《容斋随笔》"陈季常"一节中说，陈慥喜欢宴宾客，养乐妓，但是他的妻子柳氏既凶又妒。由于河东（今山西永济）是柳氏的郡望，因此"河东狮子"即指柳氏。而王十朋也在集注中说："季常之妻柳氏也，最悍妒。每季常设客有声妓，柳氏则以杖击照壁，大呼，客至为散去。"因此，直到今天，人们仍用"河东狮吼"来比喻已婚女性的凶悍善妒，并常与惧内的男人联系在一起。

然而事实上，这恐怕是一种误解。"狮子吼"是佛家术语，比喻威严。佛说中的狮子吼，是指佛音震动十方世界，外道慑服，犹如狮子一吼，百兽震伏。陈慥"谈空说有夜不眠"，谈话的对象一定是懂得佛禅的人，这个人姓柳，因为"河东"是柳姓的郡望。但陈季常身边有两个姓柳的人，一是他的妻子柳氏，一个是柳真龄。柳真龄曾将他珍藏多年的铁拄杖赠送给苏东坡，苏东坡又将其转送给张方平。而此拄杖是由五代后梁时的福州大都督王审知赠给重视佛教的吴越国王钱镠，钱镠又转赠给一位当时的高僧，几经周折才到柳

真龄手中。拄杖显然很有"佛缘",珍藏铁拄杖的柳真龄显然也是修佛之人,他正是"河东狮子吼"中的"河东"。而从整首诗作来看,有着"居士""空""有""禅"等佛家语,没有理由忽然插入"怕老婆"的内容。而另一个佐证是,苏东坡的朋友吴德仁是个"不喜闻人过"的人,他与陈慥夫妇也并不熟悉,即便陈慥真的怕老婆,苏东坡也不会对着他开好友的玩笑。

关于"怕老婆",倒是苏东坡的朋友、黄州人孙贲(字公素)有个有趣的故事。《鸡肋篇》记载,孙贲是魏国公韩琦的教授书记,曾经是开封知府程宣徽的门客,后来娶了程宣徽的女儿,成为他的女婿。不曾想程氏女是一个善妒的悍妇,孙贲非常怕她。有一次,苏东坡与孙贲会面时,有一个善于猜谜的官妓在场侑酒。苏东坡有意要考考她,便让她猜谜:"'蒯通劝韩信,韩信不肯反。'打一名词。"官妓沉思良久,笑道:"不知道我猜中了没有?但我不敢说出来。"孙贲在一旁着急了,催着官妓快说。官妓说道:"谜底是'怕负(妇)汉'吧!"苏东坡听后大喜,重重地赏赐了官妓。

"明日黄花"还是"昨日黄花"?

一

元丰四年(1081)的九月九日重阳节,被贬黄州的苏东坡与黄州知州徐君猷会于栖霞楼,登高望远。这栖霞楼又名涵辉楼,在黄州仪门之外西南方,视野开阔,坐揖江山之胜,为一郡奇绝。重阳登高,照例少不了诗酒流连,怀念旧友。几杯酒下肚,眼见江水浅落,沙洲显露,东坡心中思念好友王巩,生出无限惆怅。应徐君猷之请,他乘着酒兴,填《南乡子》一词,以《重九涵晖楼呈徐君猷》为名:

霜降水痕收,浅碧鳞鳞露远洲。酒力渐消风力软,飕飕。破帽多情却恋头。　佳节若为酬,但把清樽断送秋。万事回头都是梦,休休。明日黄花蝶也愁。

词的意思是:徐知州啊,你若问我如何报答使我赏心悦目的佳节,那就是用清澈的美酒托付这大好的深秋。世事无常,人生如梦。算了吧,算了吧。今日重阳过后,菊花就开始衰败,即便是爱花的蝴蝶,也会生出愁绪啊。

身在谪所,遇时感慨。苏东坡此词,既是写给在座的太守徐君猷，也是写给远在广西宾州的好友王巩。

这年重阳过后，东坡给王巩写了一封信，说道："重九登栖霞楼，望君凄然，歌《千秋岁》，满座识与不识，皆怀君。遂作一词云：'霜降水痕收'……其卒章，则徐州逍遥堂中夜与君和诗也。"

苏东坡在心中所说的"卒章"，即词中最后一句"明日黄花蝶也愁"。这是他在知守徐州时和王巩的一首诗中曾经用过的一句，可见是苏东坡的得意之作。原诗也是写于重阳节，名为《九日次韵王巩》：

（明）唐寅　东篱赏菊图

> 我醉欲眠君罢休，已教从事到青州。
> 鬓霜饶我三千丈，诗律输君一百筹。
> 闻道郎君闭东阁，且容老子上南楼。
> 相逢不用忙归去，明日黄花蝶也愁。

"相逢不用忙归去，明日黄花蝶也愁。"重阳之时，正是菊花盛开季节，而重阳一过，到了明天，菊花也就开始衰败。好景不常在，好花不常开。既然已经相逢，就不要忙着归去,不如珍惜眼前大好时光,为友谊干杯,免得在花败季节生出许多愁绪来。

从上面可以看出,"明日黄花"这个成语,就是来自苏东坡"明日黄花蝶也愁"这句诗,它表达的就是珍惜眼前,不要错过的意思。然而,今天很多人会用"昨日黄花"这个词,是不是用错了呢?我觉得应该说不能算错。因为古代的用词,可以衍生出异义词,就是人们在使用原句的时候,会借用里面的语句,来适应词的使用场景。从"明日黄花"衍生出来的"昨日黄花",指代的就是过去的时间,过去的人或事物,到目前已经今非昔比了。这样一来,词的意境变了,与原来的诗句脱离了关系,但又出自原来的句子。因此,"明日黄花"与"昨日黄花",词出一源,但所指有所不同,所适用的语境也有所不同。

"东坡"的由来

苏东坡家眷都来到黄州后,人口增至近20人。此时的苏东坡薪俸断绝,家中积蓄不多,生活日益艰难,他不得不开始精打细算过日子。

苏东坡与妻子王闰之商定,每月初一,将家里过去的积蓄拿出4500钱,分为30串,挂在房梁上。平日每天早上用叉子挑下一串,作为当日的用度,然后把叉子藏起来,目的是强制自己,每天花费不得超过150钱。倘若当天有用不完的,就存放在另外备用的一个大竹筒里,以待有客人造访时,添补其不足的部分。

这样的用度,苏东坡可以维持多久呢?他说,"度囊中尚可支一岁有余",可以支撑一年多点。不过,苏东坡毕竟旷达,对此并不担心。"至时别作经画,水到渠成,不须预虑。"车到山前必有路,早早地担心忧虑了有啥好处?

然而,苏东坡不急,他的老朋友马梦得却急了。

马梦得,字正卿,是河南杞县人——传说中,杞人以忧天而著称。他与东坡同年同月生,比东坡仅小8天。他曾在太学为官，因为性情耿直而经常得罪人。嘉祐六年（1061）的一天，身在京城的苏东坡偶然去了马梦得的书斋，在其墙壁上写了杜甫的两句诗，"堂上书生空白头，临风三嗅馨香泣"。结果马梦得读到此诗后，第二天便辞官告归，终身不再做官。听说苏东坡被贬，他不远千里赶到黄州，与东坡同甘共苦。

苏东坡的生活之拮据，马梦得看在眼里，急在心里。他经过反复思考，最终决定自己出面，向黄州官府乞求一些土地，好让东坡耕种，获得一些补助。当他向黄州太守徐君猷提出这个想法之后，徐太守一口答应，慷慨地将郡中厢兵过去练兵的数十亩田划拨给苏东坡，无偿让其耕种。这些地原本就不是耕地，充满了瓦砾茨棘，再加上当年大旱，土地坚硬无比，多年来未曾躬耕田亩的苏东坡饱尝了开荒种地的艰辛。

东坡有了地后，又买了一头牛和农耕用具，趁着秋雨过后，日夜垦荒辟地，以赶上种麦的季节。

这块地的位置，据宋人的记载，是在"州治之东百余步"。苏东坡于是以"东坡"自号，这不仅与他所耕种之地的位置有关，还与他所欣赏的另一位诗人白居易有关。唐代诗人白居易在忠州刺史任上时，作有《东坡种花》二诗，又曾作《步东坡》诗说："朝上东坡步，夕上东坡步。东坡何所爱？爱此新成树。"苏东坡长读白居易的诗文，并认为白居易的个性与自己很相似，遂仿白居易"香山居士"的雅称，自称"东坡居士"。

地开垦好了，苏东坡第一次种麦。为了来年有个好收成，他将麦种密密地播了一地，然后又觉得这是荒地，遂狠狠地施了一次肥。一个月后，麦苗茂盛地疯长，苏东坡正自喜不自禁时，黄州父老告诉他："要想来年能吃上麦饼，趁早让牛羊来吃吃麦苗吧！"原来，过于密集茂盛的麦苗，一则会穷尽地力，二则会影响对阳光的吸收，到长穗结实时反而产量会大大减少。只有让牛羊去践踏吃掉一些麦苗，剩下的麦子才会在来年结出丰满的果实。对此，苏东坡异常感

（明）戴进　春耕图

恩,在《东坡八首》里感谢父老乡亲:"再拜谢苦言,得饱不敢忘。"

从此苏东坡真真切切地当起了农夫,并与当年的陶渊明产生了精神的共鸣。

> 梦中了了醉中醒,只渊明,是前生。走遍人间,依旧却躬耕。昨夜东坡春雨足,乌鹊喜,报新晴。　雪堂西畔暗泉鸣,北山倾,小溪横。南望亭丘,孤秀耸曾城。都是斜川当日境,吾老矣,寄余龄。
>
> ——《江城子》

苏东坡的农耕生活并不浪漫,其生活之困难,甚至到了只求一饱的地步。尽管如此,他仍不改欢颜,以自嘲的笔调写着自己和马梦得的贫穷:

> 马梦得与仆同岁月生,少仆八日。是岁生者,无富贵人,而仆与梦得为穷之冠。即吾二人以观之,当推梦得为首。

东坡躬耕,因渐有收获,心情逐渐好转。当时他住在临皋亭,每天往来于东坡,要走将近二里路,"晨兴理荒秽,带月荷锄归",接近大自然的农耕生活,给了苏东坡无数的情趣和精神的安慰。

一个雨后的月夜,苏东坡拄着手杖走在去东坡的路上,诗兴大发,遂口占一绝:

> 雨洗东坡月色清,市人行尽野人行。
>
> 莫嫌荦确坡头路,自爱铿然曳杖声。

这就是脍炙人口的《东坡》诗,它塑造了人们心目中东坡先生的形象:在高低不平的人生路上,拄杖点地,豪迈而怡然地前行。

苏东坡写广告

一

相传，苏东坡被贬到海南儋州时，曾应当地一位卖馓子的老大娘的请求写了一首《戏咏馓子赠邻妪》诗：

纤手搓来玉色匀，碧油煎出嫩黄深。

夜来春睡知轻重，压扁佳人缠臂金。

二十八个字把馓子的制作工艺、形状、色泽、口感、味道等方面的特点，形象而有韵味地表现出来了。老妪将它裱糊出来挂在店堂里，从此顾客盈门，生意兴隆。

苏东坡写的真正具有现代广告意味的文章，是一个关于"圣散子"的说明。苏东坡贬谪黄州时，有一次，他的好友巢谷在雪堂谈起一个秘方——"圣散子"，治疗伤寒非常有疗效。苏东坡在惊叹之余，请求他传授给自己，以备不时之需。巢谷见东坡苦求不已，便答应传授，但反复叮嘱东坡，不能外传他人，并要他指着江水发誓，苏东坡一应照办。

凑巧的是，巢谷回归故里眉山后不到一年，黄州、鄂州一带爆发了伤寒瘟疫。苏东坡用"圣散子"普救众生，救活了无数百姓。

这次救助，证明了"圣散子"药效的灵验。为了拯救黎民百姓，苏东坡再三斟酌后，违背了誓约，瞒着巢谷将秘方传给了蕲水一个名叫庞安常的名医。为使巢谷之名和"圣散子"秘方不朽，苏东坡为"圣散子"作文一篇。在这篇文章中，我们可以看到苏东坡是如何为"圣散子"做"广告"的：

> 自古论病，惟伤寒最为危急，其表里虚实，日数症候，应汗应下之类，差之毫厘，辄至不救，而用"圣散子"者，一切不问。凡阴阳二毒，男女相易，状至危急者，连饮数剂，即汗出气通，饮食稍进，神守完复，更不用诸药连服取差，其余轻者，心额微汗，止尔无恙。药性微热，而阳毒发狂之类，服之即觉清凉。此殆不可以常理诘也。若时疫流行，平旦于大釜中煮之，不问老少良贱，各服一大盏，即时气不入其门。平居无疾，能空腹一服，则饮食倍常，百疾不生。真济世之具，卫家之宝也。

由于苏东坡的这篇"广告"，"圣散子"在中国医药史上成为一段佳话。数年之后，苏东坡出守杭州时，遇到瘟疫暴发，就用这个"圣散子"救了很多贫苦百姓的命。

苏东坡写过很多地方风物的诗歌，被后人拿来用作"广告语"。比如"日啖荔枝三百颗，不辞长作岭南人"，就被广东的商家拿来为荔枝做广告；苏东坡北归在广西廉州（今广西合浦）曾经小住一个月，在离开时给当时的知州写了一首《留别廉守》的诗，其中有两句写到月饼"小饼如嚼月，中有酥与饴"，这两句诗如今被拿来用作合浦月饼的广告词，合浦人甚至为此开发了一个"月饼小镇"。

口吃诗

苏东坡贬谪黄州时，经常到与黄州隔江相望的武昌（今湖北鄂州）西山游玩。西山上面有座九曲亭，上联为"玄鸿横号黄檐岘"，苏东坡便对了一句下联："皓鹤下浴红荷湖。"请注意，这一副对联的发音，按照古代的发音，都是以h为声母的，也就是说，这有点像我们今天的绕口令，也就是类似口吃者说的话。所以，苏东坡的下联，实际上是模仿上联，开了一个小小的玩笑。

谁知，苏东坡此对一出，立即引来了同行者会意的大笑，因为同行者中，有个姓王的居士，是个口吃者，说话结结巴巴。大家打起恶作剧的主意，便请苏东坡再作一首"吃语诗"。于是，苏东坡便写了一首《西山戏题武昌王居士》：

江干高居坚关扃，犍耕躬驾角挂经。
篙竿系舸菰茭隔，笳鼓过军鸡狗惊。
解襟顾景各箕踞，击剑赓歌几举觥。
荆笄供脍愧搅聒，干锅更戛甘瓜羹。

这首诗，即便用今天的普通话来读，也十分拗口，像一首绕口令。而在宋代，这些字的发音，都是同一个声母 g，比如"江"读 gang，"居"读 gu 等，因此这类诗又被称作"一字诗"。

这种"吃语诗"，或者"一字诗"，当然也是一种游戏之作，是苏东坡善作戏谑的性格反映。苏门四学士之一的黄庭坚，也有一首游戏之作《戏题》，不过不是在声音上下功夫，而是在偏旁上下力气：

> 逍遥近道边，憩息慰愈憖。
> 晴晖时晦明，谑语谐谝谂。
> 草莱荒蒙茏，室屋壅尘坌。
> 僮仆侍偯侧，泾渭清浊混。

八句诗，每句诗五个字的偏旁都一样，分别为走、心、日、言、草、土、人、水。

实际上，这种"吃语诗"，并非自苏东坡始。早在唐代，诗人姚合就写过一首有关葡萄架的诗：

> 萄藤洞庭头，引叶漾盈摇。
> 皓洁钩高挂，玲珑影落寮。
> 阴烟压幽屋，濛密梦冥苗。
> 清秋青且翠，冬到冻都凋。

这首诗虽然不像苏东坡那首以 g 为声母贯穿全诗，但每一句都以一个声母为主，已经具备了"吃语诗"的雏形。

一蓑烟雨任平生

元丰五年（1082）春，苏东坡开始打算终老于黄州。他听说蕲水县有很多肥田，便想购置一点，以作长久之计。三月初七这一天，他前往黄州东南三十多里的沙湖螺蛳店看田。行至中途，忽然一场大雨从天而降，同行的人在雨中皆狼狈躲雨，只有苏东坡镇静自若，吟啸徐行。不久，雨散云收，阳光重新照耀大地。苏东坡有感于此，口占《定风波》一首：

莫听穿林打叶声，何妨吟啸且徐行。竹杖芒鞋轻胜马，谁怕？一蓑烟雨任平生。　料峭春风吹酒醒，微冷。山头斜照却相迎。回首向来萧瑟处，归去，也无风雨也无晴。

这首词一向被认为是表现东坡旷达性格的代表作。它从途中遇雨这件生活中的小事生发开去，塑造出泰然自若、放浪不羁的诗人形象，抒发了自己超迈高蹈的自适情怀。"一蓑烟雨任平生"，人生道路上，即便风满天，雨卷地，又有什么值得可怕和惊慌的呢？人的一生，不正是在数不清的风

(明)朱之蕃 临李公麟屐笠东坡像

风雨雨中度过的吗?

在这里,我们看到,一个旷达的苏东坡从诞生到成熟,并走向完美。与大自然亲密接触,不仅可以抚平内心的创伤,更可以激发起人们心底的那种浪漫情怀。

东坡在沙湖螺蛳店买田后,便经常去看。有一次去看田之时恰好生病,听说麻桥有一个医生叫庞安常,虽然耳聋却医术精湛,便前往求医。庞安常虽聋,却聪颖过人,他用指头写字,不用几个字,就能道出病人的病根所在。苏东坡便跟他开玩笑说:"我以手为口,君以眼为耳,我们都是这个时代的异人啊!"苏东坡病好后,便与庞安常同游清泉寺。清泉寺在蕲水城郭门外二里左右,有王羲之的"洗笔泉",泉水甘甜。泉下面有一条溪,叫兰溪,溪水向西流去。苏东坡作《浣溪沙·游蕲水清泉寺》词一首:

山下兰芽短浸溪,松间沙路净无泥。潇潇暮雨子规啼。谁道人生无再少？门前流水尚能西。休将白发唱黄鸡。

大病可以痊愈，流水尚能西流，难道人生就不能再返少年吗？苏东坡政治失意，身处逆境，却不再消沉，他老当益壮、自强不息的精神，催人奋进，激动人心。

没过多久，苏东坡又独自骑马去了一趟蕲水。这次他回转黄州时，夜幕已经降临。在黄州、蕲水交界处一座名为绿杨桥的边上，有一酒家，来往过客都喜欢在此歇息。苏东坡见天色已晚，又加上饥肠辘辘，于是将马拴住，信步走进酒家，叫了几碟小菜和一壶酒，自斟自饮起来。

其实，苏东坡虽然好酒，但酒量不大，少饮即醉。几杯酒下肚后，苏东坡已经醺醺然。他骑上马，乘月色赶路。恰好到了绿杨桥上时，酒力发作，苏东坡便不再前行，解鞍下马，打算在桥上休息一下，却没想到很快就进入了梦乡。不知过了多少时辰，苏东坡睡眼蒙胧地醒来，向四周望去，但见乱石丛山，流水潺潺，明月在天，光照四野。恍惚间，苏东坡疑为仙境，于是口占一首《西江月》，并书写在桥柱之上。

回到黄州，苏东坡将词寄给朋友，词前附小序云：

顷在黄州，春夜行蕲水中，过酒家饮。酒醉，乘月至一溪桥上，解鞍，曲肱醉卧少休。及觉已晓，乱山攒拥，流水铿然，疑非尘世也。书此词桥柱上。

照野弥弥浅浪，横空隐隐层霄。障泥未解玉骢骄，我欲醉眠芳草。可惜一溪风月，莫教踏碎琼瑶。解鞍欹枕绿杨桥，杜宇一声春晓。

春夜料峭，醉不得归，人马宿于乡野之地，本是一件凄清辛苦的事情，但在苏东坡的笔下却变得如此浪漫多情，清新迷人：春水满涨，细浪翻动，月光下的原野与夜空连成一片，广阔无垠，恍如仙境。这首词写出了词人皈依自然、陶醉于山水风月的情怀，将一己之身融于自然的"天人合一"的境界。

　　李泽厚认为，在"道不行""邦无道"或家国衰亡、故土沦丧之际，许多士大夫知识分子常常追随漆园高风，在老庄中学得安身之道，在山水花鸟的大自然中获得抚慰。这种人生态度和生命存在，"可以替代宗教来作为心灵创伤、生活苦难的某种安息和抚慰。这也就是中国历代士大夫知识分子在巨大失败或不幸之后，并不真正毁灭自己或走进宗教，而更多是保全生命，坚持节操，隐逸遁世，以山水自娱，洁身自好的道理"。

大江东去

数年前，有好事者为唐诗、宋词分别列了一个"排行榜"。宋词之中，排名第一的，就是苏东坡的《念奴娇·赤壁怀古》。

苏东坡赤壁怀古，怀的是三国赤壁之战的赤壁，或称"周郎赤壁"。这个赤壁，究竟在哪里，史家至今仍有争议，有蒲圻说，有嘉鱼说，有武昌说，等等。而苏东坡所在的黄州赤壁，史家认为并不是赤壁之战的发生地。

然而，"赤壁何须问出处，东坡本是借山川"。苏东坡关心的并不是周郎赤壁的真正地点，而是赤壁之战所蕴含的历史文化的意义以及自己对它的审美思考，因此他在词中也明确说明"人道是，三国周郎赤壁"，别人说它是周郎赤壁，我就姑且当作是周郎赤壁吧。

黄州赤壁，或曰"文赤壁"，位于黄州城西北的长江边上，因其石崖呈红褐色，形状像个鼻子，而被称为赤鼻矶，后来沈复在《浮生六记》中也提到"黄州赤壁在府城汉川门外，屹立江滨，截然如壁，石皆绛色，故名。《水经》所谓赤鼻山是也"。赤壁之下，江面开阔，"波流浸灌，与海相若"；赤壁之上，则有涵晖楼、栖霞楼、月波楼等建筑；赤壁对岸，则是武昌（今鄂州）诸山，这无疑是一个观赏江景的胜地。自唐以来，诗人们有意无意地把它和三国时赤壁之战的古战场联系在一起，因此这又是个凭吊古迹的地方。在苏东坡之前200多年，晚唐诗人杜牧任黄州刺史期间（会昌二年至四年秋，842—844），就写下了名传千古的吊古之作《赤壁》：

> 折戟沉沙铁未销，自将磨洗认前朝。
>
> 东风不与周郎便，铜雀春深锁二乔。

苏东坡刚到黄州那一年（元丰三年，1080）的八月，就与长子苏迈乘坐一叶小舟，夜游赤壁，兴尽而归。不久后，在给参寥子的信中，苏东坡这样描述他与儿子苏迈第一次月夜泛游赤壁的情景：

> 时去中秋不十日，秋潦方涨，水面千里，月出房、心间，风露浩然。所居去江无十步，独与儿子迈棹小舟至赤壁，西望武昌，山谷乔木苍然，云涛际天。

此后，苏东坡经常来到赤壁。风雨苍茫日，他就极目远眺；波平浪静时，他就泛舟江中。他或许不会意识到，中国文学史上伟大的"一词两赋"，已经于那一夜开始发酵了。

元丰五年（1082）七月中旬，注定要为中国文学史留下华彩一章。一天，东坡又来到赤壁，望着滚滚东去的长江，想起当年羽扇纶巾的周公瑾，年纪轻轻就创立了伟业，而再看看自己，一生际遇坎坷，少年壮志已似江水付之东流，不禁俯仰今古，万千感慨涌上心头。《念奴娇·赤壁怀古》就在这样一种心绪下诞生了：

> 大江东去，浪淘尽，千古风流人物。故垒西边，人道是，三国周郎赤壁。乱石穿空，惊涛拍岸，卷起千堆雪。江山如画，一时多少豪杰！遥想公瑾当年，小乔初嫁了，雄姿英发。羽扇纶巾，谈笑间，樯橹灰飞烟灭。故国神游，多情应笑我，早生华发。人生如梦，一樽还酹江月。

这首词中，包含了苏东坡政治理想落空的悲哀，但是他将这种悲哀融化到壮阔的江山与历史的长河之中，写得气势恢宏，雄伟壮阔。江山风月永在，时光奔流不息，在词人营造的这种超越古今的巨大时空之下，人们不但不会悲戚郁结，反而会生出一种苍凉悲壮的崇高之感。

关于这首词，历代的赞扬和评论不计其数。它作为豪放派鼻祖的代表作，也一直被拿来与婉约派宗师柳永的词作比较。俞文豹《吹剑续录》记载：

> 东坡在玉堂日，有幕士善歌。因问："我词何如柳七？"对曰："柳郎中词，只合十七八女郎，执红牙板，歌'杨柳岸，晓风残月'；学士词，须关西大汉，铜琵琶，铁绰板，唱'大江东去'。"东坡为之绝倒。

这位幕僚简短的几句比喻，形象生动地说明了柳永词和东坡词基本风格的不同，或者可以作为婉约词与豪放词的不同。以"杨柳岸，晓风残月"为代表的柳永词，工巧细密，柔媚清奇，因此唱柳永词宜用缠绵悱恻、低回婉转的轻音乐伴奏；而"大江东去"则大气磅礴，惊心动魄，就必须是那种有重量感、粗犷的乐器才能相配了。所以，明代的王世贞赞赏此词："学士此词，亦自雄壮，感慨千古。果令铜将军于大江奏之，必能令江波鼎沸。"陆游亦赞曰："世言东坡不

大江东去

傅抱石　赤壁图

能歌，故所作乐府，多不协律。晁以道谓'绍圣初，与东坡别于汴上，东坡酒酣，自歌《阳关曲》'。则公非不能歌，但豪放不喜剪裁以就声律耳。试取东坡诸词歌之，曲终，觉天风海雨逼人。"

其实在南北宋之交，就有人步苏东坡《念奴娇·赤壁怀古》的原韵，题词邮亭。元代的赵秉文，号闲闲道人，也曾作一首《大江东去·用东坡先生韵》：

> 秋光一片，问苍苍桂影，其中何物？一叶扁舟波万顷，四顾粘天无壁。叩枻长歌，嫦娥欲下，万里挥冰雪。京尘千丈，可能容此人杰？　　回首赤壁矶边，骑鲸人去，几度山花发。澹澹长空今古梦，只有归鸿明灭。我欲从公，乘风归去，散此麒麟发。三山安在，玉箫吹断明月！

这首词融合了苏东坡赤壁词和《赤壁赋》的意境，化苏词苏意为己有，纵横挥洒；而"京尘"两句，又愤然发问，皇皇天地竟然不能容此人杰，对苏东坡的不幸遭遇表示深切同情和强烈愤慨。下阕又表达了追随苏东坡乘风而去的愿望，可以说是向苏东坡的隔代致敬。元好问评论说："东坡赤壁词，殆戏以周郎自况也。词才百许字，而江山人物，无复余蕴，宜其为乐府绝唱。闲闲公乃以仙语追和之，非特词气放逸，绝去翰墨畦径。"

苏东坡此词，在中国文学史、文化史上都产生了长远的影响，也塑造了一代代中国文人的文化心理。在他之后，无数文人每到长江岸边，便怀古伤今，感叹历史，思索人生。到明朝，罗贯中在小说《三国演义》的开篇词中就写道："滚滚长江东逝水，浪花淘尽英雄。"这正是"大江东去，浪淘尽，千古风流人物"的翻版，也是罗贯中向苏东坡的致敬。

赤壁两赋

——

《念奴娇·赤壁怀古》作后不久，元丰五年（1082）七月十六日的初秋之夜，清风徐徐，从江面上吹来；水面无波，在月光下闪耀。苏东坡与同乡道人杨世昌等几位朋友，在赤壁下泛舟游玩。几个人纵酒放歌，唱起了《诗经》中的情歌："月出皎兮，佼人僚兮。舒窈纠兮，劳心悄兮！"在这种美妙的境界中，苏东坡情不自禁，也叩击着船舷唱起歌来。和着这歌声，杨世昌吹起了洞箫。就这样，《赤壁赋》诞生了。

壬戌之秋，七月既望。苏子与客泛舟游于赤壁之下。清风徐来，水波不兴。举酒属客，诵明月之诗，歌窈窕之章。少焉，月出于东山之上，徘徊于斗牛之间。白露横江，水光接天。纵一苇之所如，凌万顷之茫然。浩浩乎如冯虚御风，而不知其所止；飘飘乎如遗世独立，羽化而登仙。

于是饮酒乐甚，扣舷而歌之。歌曰："桂棹兮兰桨，击空明兮溯流光。渺渺兮予怀，望美人兮天

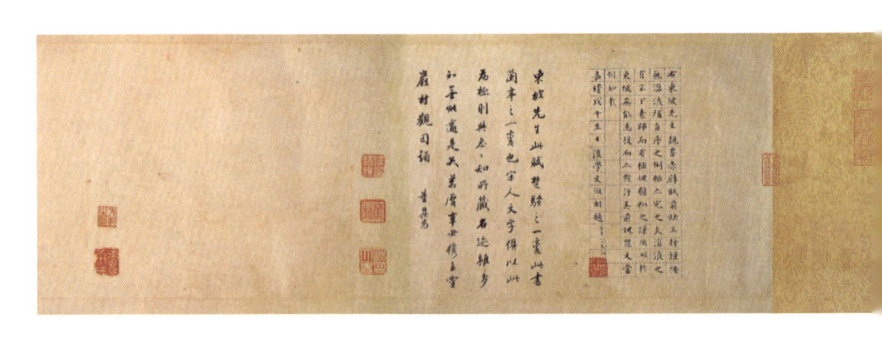

一方。"客有吹洞箫者，倚歌而和之。其声呜呜然，如怨如慕，如泣如诉，余音袅袅，不绝如缕。舞幽壑之潜蛟，泣孤舟之嫠妇。

苏子愀然，正襟危坐而问客曰："何为其然也？"客曰："'月明星稀，乌鹊南飞'，此非曹孟德之诗乎？西望夏口，东望武昌，山川相缪，郁乎苍苍，此非孟德之困于周郎者乎？方其破荆州，下江陵，顺流而东也，舳舻千里，旌旗蔽空，酾酒临江，横槊赋诗，固一世之雄也，而今安在哉？况吾与子渔樵于江渚之上，侣鱼虾而友麋鹿，驾一叶之扁舟，举匏樽以相属。寄蜉蝣于天地，渺沧海之一粟。哀吾生之须臾，羡长江之无穷。挟飞仙以遨游，抱明月而长终。知不可乎骤得，托遗响于悲风。"

（北宋）苏轼　赤壁赋

赤壁两赋

苏子曰："客亦知夫水与月乎？逝者如斯，而未尝往也；盈虚者如彼，而卒莫消长也。盖将自其变者而观之，则天地曾不能以一瞬；自其不变者而观之，则物与我皆无尽也。而又何羡乎！且夫天地之间，物各有主，苟非吾之所有，虽一毫而莫取。惟江上之清风，与山间之明月，耳得之而为声，目遇之而成色，取之无禁，用之不竭。是造物者之无尽藏也，而吾与子之所共适。"

客喜而笑，洗盏更酌。肴核既尽，杯盘狼藉。相与枕藉乎舟中，不知东方之既白。

三个月后的十月十五日，苏东坡趁着月圆之际，再次与朋友泛舟赤壁。此时已是初冬，霜露已降，树木只剩下光秃秃的枝干。月光清冷，江面凄清。《后赤壁赋》由此产生：

是岁十月之望,步自雪堂,将归于临皋。二客从予,过黄泥之坂。霜露既降,木叶尽脱,人影在地,仰见明月。顾而乐之,行歌相答。

已而叹曰:"有客无酒,有酒无肴,月白风清,如此良夜何!"客曰:"今者薄暮,举网得鱼,巨口细鳞,状如松江之鲈,顾安所得酒乎?"归而谋诸妇。妇曰:"我有斗酒,藏之久矣,以待子不时之需。"

于是携酒与鱼,复游于赤壁之下。江流有声,断岸千尺。山高月小,水落石出。曾日月之几何,而江山不可复识矣。

予乃摄衣而上,履巉岩,披蒙茸,踞虎豹,登虬龙,攀栖鹘之危巢,俯冯夷之幽宫。盖二客不能从焉。划然长啸,草木震动,山鸣谷应,风起水涌。予亦悄然而悲,肃然而恐,凛乎其不可留也。反而登舟,放乎中流,听其所止而休焉。时夜将半,四顾寂寥,适有孤鹤,横江东来。翅如车轮,玄裳缟衣,戛然长鸣,掠予舟而西也。

须臾客去,予亦就睡。梦一道士,羽衣蹁跹,过临皋之下,揖予而言曰:"赤壁之游乐乎?"问其姓名,俯而不答。"呜呼噫嘻!我知之矣,畴昔之夜,飞鸣而过我者,非子也耶?"道士顾笑,予亦惊寤。开户视之,不见其处。

在对苏东坡作品的赞语中,有"三咏赤壁成绝唱"之说。"三咏赤壁"指的就是刚刚提到的这"一词两赋"——《念奴娇·赤壁怀古》《前赤壁赋》和《后赤壁赋》。

《前赤壁赋》写的是苏东坡对于人生宇宙的俯察、思考和领悟，表现了他亲近自然、享受自然，不以得失为怀的旷达胸襟和高洁纯净的心灵世界。在苏东坡看来，江水的不断流逝，终止不了长江的奔涌；月亮的盈亏升降，改变不了千古永存的事实。这说明水与月都有变与不变的两种形态，而人生也是如此。当年曹操有被周郎所困、左右彷徨的失意时刻，也有酾酒临江、横槊赋诗的雄姿英发，可是现在都去了哪里呢？这就是"自其不变者而观之，则物与我皆无尽也，而又何羡乎"，人本来就是大自然的一分子，同样有永恒不变的一面，又何必去羡慕水月等事物的永恒而悲叹人生的短暂呢？

由于乌台诗案，东坡经历了"人生如梦"的大幻灭，情绪一度陷入低谷。然而他并未因此自怨自艾，自暴自弃，他依然眷恋人生、执着人生，依然在艺术的宇宙里寻求生命的救赎："惟江上之清风，与山间之明月，耳得之而为声，目遇之而成色，取之无禁，用之不竭。是造物者之无尽藏也，而吾与子之所共适。"这种警策之语，对于你我普通人解脱烦恼、看淡功利，可以算是一副可口的良药。

与《前赤壁赋》相比，《后赤壁赋》少了些议论和哲理，多了些记叙和神秘。其中"鹤"作为道家文化的一个载体，有着超凡脱俗、仙风道骨的意蕴。早在徐州时，苏东坡就写过《放鹤亭记》，描述过其"或立于陂田，或翔于云表"的出尘与逍遥。而此文中的"孤鹤"借着这冷幽凄清的初冬月夜，给人的则是一种身无所寄的惆怅情怀。

这两篇赋意旨深远，辞采华美，音律铿锵，绝世出尘。清代著名诗人吴伟业称苏东坡的文字为"宇宙第一文字"，"长公之文传播宇宙，金石不朽，至今日而亦复著"。林语堂在他著名的《苏东坡传》中评价这两篇《赤壁赋》时说：

"这两篇赋之出名不无缘故，绝非别人的文章可比，因为只用寥寥数百字，就把人在宇宙中之渺小的感觉道出，同时把人在这个红尘生活里可享受的大自然丰厚的赐予表明。"他甚至断定，"单以能写出这些绝世妙文，仇家因羡生妒，把他关入监狱也不无道理"。

长恨此身非我有

———

有一次,宋神宗与近臣谈论起古今人才,当提及苏东坡时,神宗问:"古人之中,哪一个可与苏轼相比?"有一个近臣回答说:"李白与他比较相似。"神宗摇了摇头说:"不然。李白有苏轼的才华,却没有苏轼的学问。"

宋神宗虽然要惩罚苏东坡对他的变法事业的批评,却并没有打算对其"剥夺政治权利终身"。特别是苏东坡才华盖世,让宋神宗十分挂念和欣赏。因此京城一旦有关于苏东坡的传闻,宋神宗就会特别关心。

元丰五年(1082)的一夜,苏东坡与同乡好友杨世昌、巢谷等人在江上饮酒,但见江面际天,风露浩然,不觉间便已大醉。等到朋友们舍舟登岸,道别散去后,苏东坡也乘月回到住处临皋亭。此时夜已深沉,他走进院门,便听见家童睡熟的打鼾声。苏东坡举手敲门,家童却睡得像死猪一般,根本听不到,没有任何回应。东坡无奈,只好挂着木杖再次回到江边。此时江风吹来,带着一丝凉意,一下子激醒了醉酒的东坡。

江水轻轻拍打着江岸，夜色宁静，江流有声。苏东坡的身心顿时像被什么托举起来，仿佛要凌空飞升而去……他情不自禁地吟道：

夜饮东坡醒复醉，归来仿佛三更，家童鼻息已雷鸣。敲门都不应，倚杖听江声。　　长恨此身非我有，何时忘却营营？夜阑风静縠纹平。小舟从此逝，江海寄余生。

——《临江仙》

《庄子·知北游》中有一段对话。舜问丞："'道'可以获得而保有吗？"丞答："你的身体都不是你的，你怎么能保有'道'呢？"舜问："那么，我的身体是谁的呢？"丞说："你的身体是天地所委付的形体，……所以你行动时不知道去何处，居留时不知道有什么依靠，吃饭时不知道是什么滋味。这只是天地间气在运动。"

《庄子·庚桑楚》中记载了庚桑楚的一个学生，问他怎样才能达到养生的最高境界。庚桑楚说："全汝形，抱汝生，无使汝思虑营营。"意思是：保全你的形体，养护你的生命，不要被外物诱惑而终日思虑。

"长恨此身非我有，何时忘却营营？"苏东坡在词中，就隐括了庄子这两段话的意思。什么时候，我们的灵魂能从被紧紧束缚的肉体中飘然远举，飞到一个忘却狗苟蝇营、没有尔虞我诈的自由天地？苏东坡因乌台诗案被迫害而贬谪黄州，其内心愤懑而痛苦，对小人们的营营暗算更是恨之入骨。但他并没有被这种痛苦和愤恨所压倒，而是表现出一种超然的旷达，一种不为世事萦怀的恬淡。"小舟从此逝，江海寄余生"，不仅是飘逸，也不仅是浪漫，更重要的是表达出苏东坡希望远离世间争斗，从俗世中解脱，置身

长恨此身非我有

傅抱石　对月图

广阔的大自然，追求生命自由的精神：趁此良辰美景，驾一叶扁舟，随波荡漾，任意东西，将有限之身融化在无限天地之中。

此词作后，第二天在黄州引起了骚动。有记载称："翌日，喧传子瞻夜作此词，挂冠服江边，拏舟长啸去矣！"太守徐君猷听说后大惊失色，以为犯官苏东坡在本州逃逸，那岂不是他作为州官的失职？倘若朝廷怪罪下来，后果怎堪设想！他连忙命人去临皋亭探视，却见苏东坡在房中熟睡，鼾声若雷。这件事很快传到京城，神宗皇帝听了，半信半疑。

第二年三月，东坡生病，先是咳嗽呼吸不畅，咽喉肿痛，不敢言语饮食；继而赤眼病犯，加之身上患疮，以致一个多月没有出门。

到四月十一日，同是欧阳修的门生、后来与苏东坡共列"唐宋八大家"的中书舍人曾巩病逝。朝野上下纷纷传言苏东坡与曾巩在同一天羽化升仙。神宗皇帝闻讯，立即去问左丞相蒲宗孟，并叹息良久。老前辈范镇听到这一消息，毫不怀疑，立即痛哭不已，并让弟子们准备好金银玉帛，准备去东坡家吊唁。还是范镇的儿子审慎些，说："苏老伯去世的消息，还只是传闻，也不知道是不是实情。应该先派人送封信去看看，要是消息是真的，再吊唁也不迟。"于是范镇专门派了一个名叫李成伯的人去黄州打探消息。李成伯到黄州后，被带进了"雪堂"，迎接他的，正是苏东坡。苏东坡问明来由后，大笑不已。

由于这几件事，苏东坡后来在接到量移汝州的朝命后，在《谢上表》中写道：

> 疾病连年，人皆相传为已死；饥寒并日，臣亦自厌其余生。

再后来,他在《送沈逵赴广南》中还写道:

> 我谪黄冈四五年,孤舟出没烟波里。
> 故人不复通问讯,疾病饥寒疑死矣。

长恨此身非我有

满城风雨近重阳

元丰七年（1084）三月，苏东坡接到量移汝州团练副使的朝廷命令，准备离开待了五个年头的黄州。

东坡临行前，将自己居住的雪堂送给了自己的好友潘大

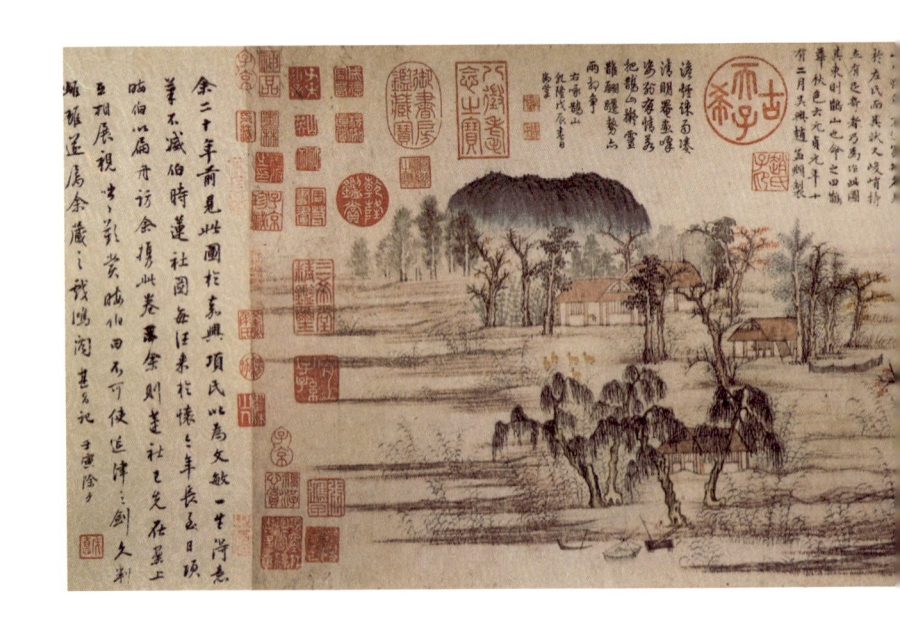

临兄弟居住，还为他俩手抄了《赤壁赋》《后赤壁赋》以及《归去来辞》作为纪念。在黄州，苏东坡与潘氏交好，有一次潘大临有事去京城，苏东坡还为其作《蝶恋花》一词：

> 别酒劝君君一醉。清润潘郎，又是何郎婿。记取钗头新利市，莫将分付东邻子。　回首长安佳丽地。三十年前，我是风流帅。为向青楼寻旧事，花枝缺处留名字。

潘大临，字邠老，是一个有名气的诗人，自称师承杜甫。他也曾向苏东坡认真学习过句法，因此诗多佳句。与苏东坡齐名的大诗人黄庭坚，也十分称赏他，说："邠老天下奇才也。"（《潘子真诗话》）

潘大临虽有诗名，却终身布衣，家境十分贫寒。一天，潘大临收到了挚友谢无逸的来信："时值金秋，西风送爽，可有新诗否？"

满城风雨近重阳

（南宋）赵孟頫　鹊华秋色图

潘大临见好友问他近作，不由得叹息一声，回信说："秋来景物，件件是佳句。只恨常为俗事所困，遮蔽了一颗诗心。昨天我好不容易正悠闲在床上躺了一会儿，窗外风雨乍起，林间秋声大作，我起了诗心，便欣然跃起，提笔在粉墙上写了一句'满城风雨近重阳'。正要继续往下写的时候，忽然有两个税务官闯进来，催逼我赶紧缴清租税。刚起的诗兴，就这么被败坏了，到现在也续不出第二句，只能寄给你这一句了！"

谢无逸接到来信后，深深嗟叹，说："唉，谁说诗穷而后工？连饭都没得吃的时候，哪里还会有诗！"

不久，潘大临便在贫困潦倒中去世了，去世时还不到五十岁。潘大临的死，使谢无逸无限悲痛，日夜难忘。第二年时近重阳，竟然又是风雨大作，他伫立在窗前，凝望着漫天的风雨，想起亡友的诗句，便想应该将其续成全璧。于是，他一口气写了《亡友潘邠老有满城风雨近重阳之句，今去重阳四日而风雨大作，遂用邠老之句广为三绝句》，每首都用"满城风雨近重阳"开头：

满城风雨近重阳，无奈黄花恼意香。
雪浪翻天迷赤壁，令人西望忆潘郎。

满城风雨近重阳，不见修文地下郎。
想得武昌门外柳，垂垂老叶半青黄。

满城风雨近重阳，安得斯人共一觞。
欲问小冯今健否？云中孤鸿不成行。

潘大临是黄州人。苏东坡谪居黄州时，写有著名的《念奴娇·赤壁怀古》词和前、后《赤壁赋》，而谢无逸穷困于江南，所以，谢无逸诗中自然提到了"赤壁""西望""武昌"。这三首诗反复倾诉了对亡友潘大临的无限思念与诚挚情谊。同时，也是对亡友佳句的最好称赏。潘大临九泉有知，定会感到欣慰的。

南宋诗人方回曾作《重阳吟五首》，他在诗序中说："兴有不同，而皆极天下之感，君子以之冥心焉。陶渊明曰'闲居爱重九之名'，此闲寂之极感也；苏长翁（东坡）曰'菊花开时即重阳'，此旷达之极感也；潘邠老曰'满城风雨近重阳'，此衰谢之极感也；吕居仁曰'乱山深处过重阳'，此羁旅之极感也。"所有这些例子都说明，有不同的境遇心情，就会有不同的感触。人们没有潘大临那种被催租败兴的经历，所以很难理解他当时的感触，也就很难真正理解他那句诗。方回在重阳日，也写了五首诗，抒发一时之极感。其三如下：

此身生死国兴亡，摇落年年本是常。

无奈邠郎解凄怨，满城风雨近重阳。

方回生活在南宋将亡之际，奸相贾似道当政，他曾上疏，谓贾似道有十大可斩之罪，其忧国忧时之心可知。他这五首重阳诗正是"乱离之极感也"！所以他能理解潘大临吟诵"满城风雨近重阳"时那种令人怅叹的凄怨之情，而不独赏其诗的美妙意境。

海棠虽好不吟诗

元丰七年（1084）正月二十五，宋神宗亲出手札，量移苏东坡为汝州团练副使，本州安置，不得签书公事。御札明确写道："苏轼黜居思咎，阅岁滋深；人才实难，不忍终弃。"表面上看，苏东坡的职位并没有升高，但是汝州接近京师，让苏东坡到汝州，这是一个重新起用他的强烈信号。

三月上旬，量移汝州之命到达黄州，苏东坡准备离开黄州了。

太守杨采召集黄州名士在州署内为东坡饯行。按照惯例，杨采特意安排了几位能歌善舞的官妓到场侍候。

这些官妓之中，有一位名叫李宜。她年少聪慧，知书识礼，只是不善逢迎，言语略显迟钝。在与东坡交往的几年中，其他的官妓粉丝皆获得过东坡的墨宝，唯独李宜言语迟钝，也从不主动求取，所以一直未能得到苏东坡的一字。

一代奇才即将离开黄州，李宜不愿失去这个最后的机会。酒酣之时，李宜鼓起勇气，取下自己的领巾，拜请苏东坡留下墨宝。东坡想了一会，决定满足其要求。于是等到李宜将墨磨好，东坡取笔在她的领巾上大书两句：

> 东坡五载黄州住，
> 何事无言及李宜？

两句写完，苏东坡放下墨笔，继续与客人谈笑起来。

座上客人议论说："这话写得这么一般，又不写完，是啥意思？"

李宜也知道这诗没有作完，待到酒席将散时，再次拜请。东坡大笑，继续写道：

> 却似西川杜工部，
> 海棠虽好不吟诗。

把李宜比作海棠，还有比这更高的评价吗？东坡笔锋刚落，已是满堂喝彩。客人们纷纷向李宜道贺，宴会气氛也随之高涨起来。

四川是海棠的故乡，有"香海棠国"之称，今天有名的"西府海棠"的名称正来于此。然而，唐代著名诗人杜甫在四川生活了整整十年，写了不少写物咏花的诗作，却没有一首提到海棠。杜甫不写海棠诗，让后人为之感到遗憾。晚唐郑谷在《蜀中赏海棠》一诗中就埋怨杜甫没有心思欣赏海棠："浓淡芳春满蜀乡，半随风雨断莺肠。浣花溪上堪惆怅，子美无心为发扬。"王安石在咏梅花的《与微之同赋梅花得香字三首其一》中也说杜甫写梅花而不写海棠的"偏心"："少陵为尔牵诗兴，可是无心赋海棠。"

杜甫为什么不写海棠诗？后人给出了很多猜测。最为流行的观点来自南宋蔡正孙的《诗林广记》："杜子美母名海棠，子美讳之，故杜集中绝无海棠诗。"古人确实有这方面的避讳，比如杜甫的父亲叫杜闲，杜甫为了避讳，他的诗中也没有"闲"字。但是，这并不能证明杜甫的母亲就一定叫"海棠"。根据目前的史料，我们只知道杜甫的母亲姓崔，却没有佐证证明名字叫崔海棠。

其实，一种事物想进入诗人的视野，除了它本身的美之外，还要有人赋予它审美价值和象征意义。而且，每个时代的文人士大夫，对花草的热爱有明显的不同。"晋陶渊明独爱菊。自李唐来，世人甚爱牡丹。"到了宋代，周敦颐在《爱莲说》中开始赋予莲花"出淤泥而不染"的品格，后来莲花在诗人的笔下频频盛开。杜甫没有一首诗写海棠，更大的可能是因为海棠花在杜甫的时代，还没有正式进入诗人们的审美视野。这一点倒是有据可查：在群星灿烂、诗歌鼎盛的唐代，《全唐诗》中仅有18首诗题咏海棠，而且基本都是中晚唐诗人所作。而到了宋代，却有700多首诗歌吟咏海棠。这说明，对海棠的吟咏，是宋人特别热衷的事，而苏东坡正是其中最有名的人物之一。

苏东坡初到黄州之时，其寓所定惠院东侧的柯山上，长着一株海棠。海棠原本生长在东坡的故乡蜀地一带，在黄州见到海棠，东坡自然感到无比亲切，如见故人，写了一首关于海棠的诗，题名为《寓居定惠院之东杂花满山有海棠一株土人不知贵也》。他写道：

> 江城地瘴蕃草木，只有名花苦幽独。
> 嫣然一笑竹篱间，桃李漫山总粗俗。
> 也知造物有深意，故遣佳人在空谷。
> 自然富贵出天姿，不待金盘荐华屋。
> 朱唇得酒晕生脸，翠袖卷纱红映肉。
> 林深雾暗晓光迟，日暖风轻春睡足。
> 雨中有泪亦凄怆，月下无人更清淑。
> 先生食饱无一事，散步逍遥自扪腹。

不问人家与僧舍，拄杖敲门看修竹。
忽逢绝艳照衰朽，叹息无言揩病目。
陋邦何处得此花，无乃好事移西蜀。
寸根千里不易致，衔子飞来定鸿鹄。
天涯流落俱可念，为饮一樽歌此曲。
明朝酒醒还独来，雪落纷纷哪忍触。

（南宋）马麟　秉烛夜游册

魏淳甫在《诗人玉屑》中评价东坡这首海棠诗"词格超逸，不复蹈袭前人"，清朝的纪晓岚则评价说"纯以海棠自寓，风姿高秀，兴象微深，后半尤烟波跌宕，此种真非东坡不能，东坡非一时兴到亦不能"。

事实上，这株海棠给东坡带来的，并非仅此一佳作。不久，在又一个明月将落的后半夜，爱上了这株海棠的苏东坡，怜香惜玉的苏东坡，带着几分浪漫几分傻气的苏东坡，端着蜡烛连夜来看她了：

东风袅袅泛崇光，香雾空蒙月转廊。
只恐夜深花睡去，故烧高烛照红妆。

这首《海棠》诗，巧妙地融入了杨贵妃"海棠春睡"的典故，将海棠摄人心魄的娇媚描绘得楚楚动人。高烛照红妆，灯下观美人，海棠的审美价值从此在诗人的心目中高高树立起来。

现在再回过头去看，苏东坡把李宜比作海棠，该是有多么欣赏她啊！

海棠虽好不吟诗

庐山诗案

一

元丰七年（1084）四月初七，苏东坡告别黄州，老友陈慥一路送到九江才依依相别。四月二十四日，老友刘恕的弟弟刘格前来迎接，陪同东坡和道潜等人前往庐山。

在庐山，东坡等人首先见到的就是著名的庐山瀑布。当时正是雨季，庐山瀑布格外壮观，如同一条飞腾的白龙，从九天之上倾泻而下。东坡作《世传徐凝瀑布诗云一条界破青山色，至为尘陋，又伪作乐天诗称美此句，有赛不得之语，乐天虽涉浅易，然岂至是哉，乃戏作一绝》诗曰：

帝遣银河一派垂，古来惟有谪仙词。

飞流溅沫知多少，不与徐凝洗恶诗。

在这里，东坡评价了唐代两位诗人写庐山瀑布的作品。一首就是李白的《望庐山瀑布》：

日照香炉生紫烟，遥看瀑布挂前川。

飞流直下三千尺，疑是银河落九天。

苏东坡认为此诗奇伟雄丽，胸次开阔，除了谪仙李白，再无人能够写出；而相反，写出"天下三分明月夜，二分无

庐山诗案

（明）沈周　庐山高图

赖是扬州"之名句的中唐著名诗人徐凝，其《庐山瀑布》却是一首俗不可耐的"恶诗"。

徐凝的《庐山瀑布》诗作是这样的：

> 虚空落泉千仞直，雷奔入江不暂息。
> 今古长如白练飞，一条界破青山色。

他写庐山的瀑布，从千丈高的空中直下飞落，带着雷鸣般的声音一直奔入长江。从古到今，它就像一条飞舞的白练挂在山上，把庐山的青绿之色分别开来。据说大诗人白居易非常称美"一条界破青山色"一句，赞它"赛不得"，意即别人是比不了的。但苏东坡却在此做了一番"酷评"。他说，天造地设的庐山瀑布，如一派银河飞落，千古以来只有谪仙李白写的诗最好，而"一条界破青山色"这句诗，更是"至为尘陋"。庐山的瀑布无论有多少流水，都洗不干净徐凝的诗作的拙劣。

徐凝的诗到底是不是恶诗？苏东坡的评论是否公允？还是交给读者自己去评判吧。不过这桩诗案还没结束。到了南宋，杨万里又写诗给一位禅师道：

> 东坡太白两诗翁，诗到庐山笔更锋。
> 倒挂银河分一脉，擘开玉峡出双龙。
> 天线织锦机全别，仙子裁云手自缝。
> 界破青山安用洗，浣他瀑布却愁侬。

——《又跋东坡、太白瀑布诗，示开先序禅师》

东坡在庐山栖迟数日。一次，他在东林寺长老的陪同下前往西林寺，一路上观察山景，层峦叠嶂，山峰不但随着距离的远近各有不同的容色，而且随着高低的起伏，姿态也是变化无穷。东坡灵感一激，忽然解悟，遂在西林寺的墙壁上题写：

横看成岭侧成峰，远近高低各不同。

不识庐山真面目，只缘身在此山中。

——《题西林壁》

黄庭坚读了此诗后，夸赞东坡说："此老于般若横说竖说，了无剩语，非其笔端有舌，亦安能吐此不传之妙。"(《冷斋夜话》）其实，唐诗以情韵为胜，宋诗以理趣见长，虽然这种"理趣"与禅门的"机锋"有类似之处，但其实与禅诗是两回事。因此清代学者王文诰认为："凡此种诗，皆一时性灵所发，若必胸有释典而后炉锤出之，则意味索然矣。"这首诗千年来成为家喻户晓的名诗，在于它以一种精练的比喻，道出了"人的认识的局限性"的哲理。它指出了人身在其中，有时反而不能认识事物的全貌。因此《宋诗精华录》认为"此诗有新思想，似未经人道过"。后来王国维在《人间词话》中也说道：

> 诗人对宇宙人生，须入乎其内，又须出乎其外。入乎其内，故能写之，出乎其外，故能观之。

夜游石钟山

一

元丰七年(1084)六月初,苏东坡的大儿子苏迈将前往饶州德兴当县令,苏东坡决定送苏迈赴任。六月初九,父子二人到了湖口,当天晚上,便游览了当地的名胜石钟山。

石钟山在今天鄱阳湖东岸,依南北走向分为上下二山,下石钟山在江湖交汇处,尤其奇险秀美。苏东坡所写的石钟山,就是今天的下石钟山。

为什么叫作石钟山?北魏郦道元在《水经注》中认为,此山"下临深潭,微风鼓浪,水石相搏,声如洪钟",因此名为"石钟山";而唐代李渤则在探访其踪迹时,发现有双石于潭上,"扣而聆之,南声函胡,北音清越,桴止响腾,余韵徐歇",其声音似钟,因以为名。但苏东坡对这两种说法都产生了怀疑:把钟磬放在水中,风浪再大,钟磬都不会鸣响,何况石头?因此,第一种说法是不可能的;对于李渤的说法,苏东坡认为,"石之铿然有声者,所在皆是也",而只有这一个地方叫作"石钟山",又是为什么呢?

为了一探究竟,苏东坡与儿子苏迈二人在这天晚上"暮夜月明"之际,乘小船到了绝壁之下。夜色中的山石,若明若暗,若隐若现。"大石侧立千尺,如猛兽奇鬼,森然欲搏人。"而在山中栖息的夜鸟,被人声惊起后,便飞入云霄,发出"嘎嘎"的叫声;山谷中甚至还有一种像老人咳笑的鸟叫声。这种恐怖的夜色,让苏东坡战战兢兢。正在他打算掉头返回的时候,忽听到"大声发于水上,噌吰如钟鼓不绝"。苏东坡一下子精神抖擞起来:这不正是自己所要探究的吗?于是他与苏迈"徐而察之",原来是山下石头有很多不知有多深的石缝,每当波浪涌来,便发出涵澹澎湃的声音。此外,在两山之间,有可坐上百人的巨石在中流竖立,巨石中空,又多石窍,当风吹水激之时,便发出"哐当哐当"的声音,与前面"噌吰如钟声不绝"的声音相应,就像奏乐一般……原来,这才是"石钟山"得名的原因。

通过这次"小舟夜泊绝壁之下",实地勘察而得出正确解读的经历,苏东坡批评了士大夫"事不目见耳闻,而臆断其有无"的做法,主张"实践出真知"。他敏锐地观察到,一些知识分子不能通过实地调查而"莫能知",而那些大字不识的"渔工水师",虽然有实地调查,知道真相,却又不会表达,遂造成很多事物以讹传讹,离真相渐行渐远。

不过,关于"石钟山"得名的原因,这桩公案并没有结束。因为石钟山的得名一直有两个说法:一是声论,一是形论。郦道元、苏东坡一直到清代的同淮等人,都支持声论。但明清之后,罗洪、曾国藩、俞樾等人,却极力主张形论。其中俞樾在《春在堂随笔》中辨析道:

> 余亲家翁彭雪琴侍郎,以舟师剿贼,驻江西最久,语余云:湖口县钟山有二,一在城西,滨鄱阳湖,曰上钟山;一在城东,临大江,曰下钟山,下

钟山即东坡作记处。然东坡谓山石与风水相吞吐，有声如乐作，此恐不然。天下水中之山多矣。凡有罅隙，风水相遭，皆有噌吰镗鞳之声，何独兹山为然乎？余居湖口久，每冬日水落，则山下有洞门出焉。入之，其中透漏玲珑，乳石如天花散漫，垂垂欲落。途径蜿蜒如龙，峭壁上皆枯蛤粘着，宛然鳞甲。洞中宽敞，左右旁通，可容千人。最上层则昏黑不可辨。烛而登，其地平坦，气亦温和，蝙蝠大如扇，夜明砂积尺许。旁又有小洞，蛇行而入，复宽广，可容三人坐。壁上镌"丹房"二字，且多小诗，语皆可喜。如云："我来醉卧三千年，且喜人世无人识。"又云："小憩千年人不识，桃花春涨洞门关。"无年代姓名，不知何人所作也。盖全山皆空，如钟覆地，故得钟名。上钟山亦中空。此两山皆当以形论，不当以声论。东坡当日，犹过其门而未入其室也。

通过此篇可以看出，"形论"自有它的道理。苏东坡的结论，也难以成为不刊之论。但给石钟山取名的第一人，同时想到了钟形与钟声，亦未可知。俞樾的结论，并不能降低苏东坡《石钟山记》的文化价值。《石钟山记》虽是考证翻案文章，却又不同于考证所常用的引经据典，而是通过描述亲身体验，夹叙夹议，写得亦庄亦谐，妙趣横生。清代浦起龙认为这是游记之创格，"以辨体为记体"，而刘大櫆则认为这是苏东坡的"第一首记文"。

如梦令

元丰七年（1084）十二月一日，苏东坡一家人从金陵到了泗州（今江苏盱眙）。泗州有一所寺院经营的澡堂，逗留泗州时期，东坡常去这里洗澡搓背，还写出了两首《如梦令》词：

水垢何曾相受，细看两俱无有。寄语揩背人，尽日劳君挥肘。轻手，轻手，居士本来无垢。

自净方能净彼，我自汗流呀气。寄语澡浴人，且共肉身游戏。但洗，但洗，俯为人间一切。

这两首小词告诉我们，早在宋代，浴室里就有了搓澡工，而且"汗流呀气"，尽日挥肘，非常辛苦。这词的词牌名为"如梦令"。其实，宋词依曲填词，最早创制此曲的，是后唐庄宗李存勖。李存勖写了一曲《忆仙姿》：

曾宴桃源深洞，一曲清歌舞凤。长记欲别时，和泪出门相送。如梦，如梦，残月落花烟重。

词在诞生初期，词牌名是与所描写的内容高度对应的，比如《渔歌子》写渔父生活,《忆江南》想念江南风物,《念奴娇》怀念美好女性。这首《忆仙姿》也是有所指的,唐朝人经常以遇到仙人来代指游冶之事,"一曲清歌舞凤"对应的是"仙姿",而"长记欲别时",对应的正是"忆"字。

李清照像

不过,苏东坡觉得这词牌名字不够雅致,于是根据李存勖原词的最后一句"如梦,如梦,残月落花烟重",而将其改为"如梦令"。所以,苏东坡的两首小词,是历史上最早的两首《如梦令》。

然而,东坡词中,写得最好的一首《如梦令》,却是他在翰林院时,思念在黄州东坡躬耕生活而创作的:

> 为向东坡传语,人在玉堂深处。别后有谁来?
> 雪压小桥无路。归去,归去,江上一犁春雨。

宋词史上,词人们以"如梦令"为词牌创作的词作并不多。苏东坡去世之后没几年,词人李清照写下了宋词史上最有名的两首《如梦令》:

> 常记溪亭日暮,沉醉不知归路。兴尽晚回舟,
> 误入藕花深处。争渡,争渡,惊起一滩鸥鹭。

> 昨夜雨疏风骤,浓睡不消残酒。试问卷帘人,
> 却道海棠依旧。知否,知否,应是绿肥红瘦。

张氏园与醉醒石

一

元丰八年（1085）正月初一，东坡一家冒着大雪离开泗州，继续北上，在宿州灵壁镇落脚。六年前，苏东坡从徐州赴任湖州，经过这里时曾游张氏园亭，遇到张氏之子张硕。应张硕之请，他写了一篇有名的文章——《灵壁张氏园亭记》。

灵壁张氏世代为官，在家乡灵壁筑造了高雅之所以奉养亲人，到苏东坡造访时已经五十余年。这个庭园，经过半个多世纪的建设，"其木皆十围，岸谷隐然。凡园之百物，无一不可人意者"。园中种满了蒲苇莲芡、桔桐桧柏，布置了奇花美草、华堂厦屋。"其深可以隐，其富可以养。果蔬可以饱邻里，鱼鳖笋茹可以馈四方之宾客。"

不过，苏东坡写《灵壁张氏园亭记》的目的并不仅仅是描述张氏园亭的富庶美丽，而是要提出一个重要的观点："古之君子，不必仕，不必不仕。必仕则忘其身，必不仕则忘其君。"入仕为官免不了宦途坎坷，会忘了自我；不入仕为官，又会忘记报效君王的责任。那怎么办？苏东坡打了一个比喻:"譬之饮食,适于饥饱而已。"以饮食为喻,当仕则仕,不当仕则隐。苏东坡批评一些士人"处者安于故而难出,出者狃于利而忘返",不是苟安于山林而不仕,就是入仕后贪图利禄而不肯退隐。因此他强调,一个知识分子,如果一定要当官,那就必须有忘我的精神,将自己奉献给报国为民的事业;如果一定不当官,那就忘记庙堂,做一个真正的隐士。

而张氏的家族,恰恰做到了这一点。"开门而出仕,则蹀步市朝之上;闭门而归隐,则俯仰山林之下。于是养生治性,行义求志,无适而不可。故其子孙仕者皆有循吏良能之称,处者皆有节士廉退之行。"

出与处,仕与隐,用与舍,行与藏,是中国古代儒家知识分子面临的一对基本矛盾,也是让苏东坡纠结一生的问题。年轻时,"用舍由时,行藏在我";历经宦海风波后,又问"归去来兮,吾归何处",这些都是苏东坡在这一问题上的思考和回答。然而,谁料这句话,在此后不久的乌台诗案中,却被诬为"教天下之人必无进之心,以乱取士之法","是教天下之人无尊君之义,亏大忠之节",而致其获罪几死。其实,苏东坡所表达的,无非是一种"达则兼济天下,穷则独善其身"的理念,因此而被小人拨弄是非,真是可叹!

一晃六年过去,苏东坡再次来到张氏园中。这六年,中间恰恰隔着一个"黄州时期"。这次来到张氏园亭,苏东坡算是旧地重游,不由得生出许多感慨。

张氏兰皋园中,有一块奇石,名为"小蓬莱"。这块奇石,让东坡想起了唐代宰相李德裕平原庄里的"醉醒石"。据说李德裕每当酒醉,靠到石头上,马上就醒酒了。东坡想到这个典故，想到自己少年时"致君尧舜，此事何难"的梦想，又想到由乌台诗案造成的宦海风浪，这人生世事的醉与醒，不正是六年前自己所思考的出与处、仕与隐吗？于是，他便在石头上写了一句话：

  东坡居士醉中观此，洒然而醒。

醉，醒，"醉醒石"这个名字让苏东坡一时间感慨万千，顺手写下了这句话。然而，让他意想不到的是，醉醒石因为这句话而带有了几分人文色彩，成为一块文化奇石。苏东坡的老友蒋之奇后来经过此地，看到东坡的题句后，便在后面跟着写了一句：

  荆溪居士暑中观此，爽然而凉。

当时的宿州知州吴安中听说后，也专门赶到张氏园，看到石头上有苏东坡、蒋之奇的题记，又在后面题道：

  紫溪翁大暑醉中读二题，一笑而去。

八风吹不动，一屁过江来

—

佛印，法名了元，字觉老，俗姓林，饶州浮梁（今江西景德镇）人，佛印是他的号。佛印曾先后在江州承天寺，淮州斗方寺，庐山开先寺、归宗寺，润州金山寺、焦山寺等寺庙做住持，在朝野都很有名气。宋神宗曾赐他高丽磨衲金钵，以表彰他的德行。

关于东坡和佛印的故事，富有生趣，有传奇意味，也有世俗气息。这些故事中，两人斗智斗勇斗机锋，而输家往往是东坡。下面分享三则故事。

故事一。佛印与东坡打坐。佛印的新衣服又黑又大，他看起来比以前胖多了。苏东坡看着看着笑了："大师，你知道你在我眼中像什么吗？"

佛印不知道："像什么？"

东坡呵呵一声坏笑："像一堆牛粪！"

佛印大笑："哈哈哈！你知道你在我眼中像什么吗？"

苏东坡嘿嘿两声，说："不知道。"

佛印很严肃地说："那我告诉你，你在我眼中，像一尊佛。"

这次东坡大乐,满以为自己占足了便宜。回家就告诉苏小妹。苏小妹一听笑了:"说你笨你还不承认!'我口言我心'听说过没有?人家心中是佛,所以看你像尊佛;你看人家像牛粪,那是因为你自己的心里全是牛粪!"

故事二。东坡上一次输了,很不服气,一定要挽回局面。这一次,东坡又来到金山寺,看到佛印安静地在禅院打坐,而院中树上的鸟儿叫得正欢。东坡眉头一皱,计上心来。他走到佛印对面,招呼也不打就坐了下来,坏笑着说:"我很佩服古人的聪明,常将'僧'与'鸟'在诗中相对。比如说'时闻啄木鸟,疑是叩门僧',还有'鸟宿池边树,僧敲月下门'。"

不过,这次笑到最后的,还是佛印。他说:"现在我老僧与学士您对坐,您是什么?"

故事三。东坡在扬州做太守时,参禅有所得,在书房写了一个佛偈:

稽首天中天,毫光照大千。

八风吹不动,端坐紫金莲。

意思是说自己虽然只是业余学佛,但禅功厉害,已经到了炉火纯青、雷打不动的境界,称谓、讥讽、毁谤、荣誉、利、哀、苦、乐这世俗的"八风",都不能使自己的禅心动摇。

东坡写完之后,很得意,派人送给一江之隔的镇江金山寺的佛印。佛印看后,在诗文之后批了两个朱红大字:"放屁!"然后交与来使。

东坡看后大怒,佛印不仅对参禅毫无敬畏之心,而且以"屁"话相辱,于是气急败坏地过江找佛印理论。不想佛印早已恭候多时:"学士不是'八风吹不动'吗?何以被一屁打过江来!"

　　东坡与佛印发生的有趣的故事,无疑都有民间传说色彩,虽于史无证,却于世有益。他们的友谊,在元明之后被一再演绎,赋予了一种传奇色彩。特别是明代的话本小说,杂糅了各种野史、笔记中的传说,经过几代人的丰富和完善,形成了《醒世恒言》中的"佛印师四调琴娘"和《喻世明言》中的"明悟禅师赶五戒"两个话本。前者构造了佛印出家的戏剧性情节,并将东坡与参寥子道潜的一些传说张冠李戴;后者则将东坡与佛印的友谊衍化成了两世因缘。这些故事虽然极尽传奇记异之能事,但都抓住了二人友谊中佛教与文学所起到的决定性作用,在客观上也让更多的人对东坡有了更深的认知。

佛印烧猪待子瞻

一

东坡喜欢吃猪肉。直到今天,以猪肉做的"东坡肉"仍是江南一带的名菜。

东坡在黄州时,生活非常艰苦,不仅要自己耕种,还要亲自烧饭。好在猪肉便宜,可以煮肉吃。艰苦的生活,对于一心向佛的居士而言算不了什么,反而可以磨炼意志,提供创作的沃土。《油水颂》《东坡羹颂》《猪肉颂》都是这一时期的文章。其中《猪肉颂》是这么写的:

> 净洗铛,少着水,柴头罨烟焰不起。待他自熟莫催他,火候足时他自美。黄州好猪肉,价贱如泥土。贵者不肯吃,贫者不解煮。早晨起来打两碗,饱得自家君莫管。

只是用一点点水将猪肉放在里面煮,似乎也不加什么佐料,对这样煮熟的猪肉滋味究竟如何,好像不必抱太大的希望。吃了四年的白水煮肉,尽管东坡自己觉得"火候足时它自美",但应是自我安慰之语。

元丰七年(1084)离开黄州后,东坡每次造访润州金山寺，佛印都要烧猪肉给东坡解馋——大概没人能想到，佛印这个正宗的佛门弟子竟然会烹调得一手好猪肉吧！当年东晋的慧远和尚与大诗人陶渊明是好朋友，陶渊明好喝酒，但生活窘困，又"不为五斗米折腰"，于是戒酒的慧远就买酒给他喝。所以，东坡自比陶渊明，而将佛印比作慧远。然而有一次，佛印烧的猪肉实在太香了，还没等东坡品尝，就不知被谁偷走了。东坡写了一首趣味盎然的《戏答佛印》诗：

  远公沽酒饮陶潜，
   佛印烧猪待子瞻。
   采得百花成蜜后，
   不知辛苦为谁甜？

  很有可能，苏东坡在这里借鉴了佛印的方法，又结合自己的黄州经验，改进了炖猪肉的办法。数年之后，元祐五年（1090）四月，苏东坡在杭州任知州时征用民夫二十多万，疏浚西湖，修建苏堤。开湖筑堤期间，苏东坡经常到湖上巡视工程，肚子饿了，有时就在工地上和大家一同用餐。开工七天后，恰是端午节，杭城百姓抬猪担酒给东坡拜节，东坡盛情难却，收下厚礼，命人将猪肉切成方块，参用他在黄州时摸索出的方法和佛印烧猪肉的办法，加以精心烹制，送到工地，分发给浚湖的百姓。

  从此，杭城百姓学会了这种烹调方法，杭州多了一道闻名全国的名菜——东坡肉。

东坡金山留玉带

一

元丰七年（1084），东坡结束庐山之行后，经金陵、真州等地，来到金山拜访佛印。东坡这次来金山，穿的是文士的便服，而没有穿和尚穿的衲衣。衲衣又名百衲衣、功德衣，是用粗碎棉布缝制拼缀而成，比起绸缎制作的官服穿着更舒服些，因此北宋时奉佛参禅的士大夫们以穿衲衣为一种时尚。

东坡一进金山寺，佛印第一眼就注意到了他腰间显眼的玉带，于是向东坡发难："学士从哪儿来呢？到这里连个坐的地方都没有。"东坡和佛印经常进行斗机锋的问答，所以面对这种挑战，东坡并不慌张，坏笑着说："暂借和尚四大，用作禅床。"

我们常听说的"四大皆空"的"四大"，指的是地、火、水、风，是古印度人认为构成事物的四种基本物质。佛家认为，这四种物质能够产生出一切事物和道理。东坡与佛印开玩笑，要用他的"四大"变化出一张禅床来坐坐。

佛印一听，马上与东坡打赌说："贫僧我有一个问题，如果你能够马上回答出来,那么你的要求,我都会答应;但如果你在回答时稍有迟疑,那你就要将腰上的玉带解下来,以作我金山寺的镇山之宝。"

东坡一听,立马答应,并解下玉带放在桌上。于是,佛印问道:"山僧我本来就空无四大,更无五蕴,那么你能往哪里坐呢?"

东坡一时怔住,竟然无言以对。佛印一见,马上招呼侍从道:"收起这条玉带,永镇山门!"东坡大笑,立即双手奉上,算是服输。佛印也将自己的一件衲衣回赠给东坡。东坡心领神会,诗兴大发,作《以玉带施元长老,元以衲裙相

(明)崔子忠　苏轼留带图

报，次韵两首》，其中一首道：

> 病骨难堪玉带围，钝根仍落箭锋机。
> 欲教乞食歌姬院，故与云山旧衲衣。

东坡这次来到金山寺找佛印，正是刚刚结束了贬谪生涯。一朝离开樊笼，又脱了衲衣改穿便服，并且还系了一条华丽的玉带，这使佛印感到，这位挚友对于建功立业的理想依然不能释怀。但谁又能说，那不是另一种形式的樊笼呢？

于是，聪明的佛印便设了这样一个话头，让东坡来参解，希望以此来点醒梦中之人。而留下玉带，回赠衲衣，佛印的意图是再明显不过了。

东坡岂是愚笨之人，面对佛印的点化，他马上明白过来。"病骨难堪玉带围，钝根犹落箭锋机。"自称"钝根"，巧妙地给自己找了个台阶下，又坦诚自己实在不适合腰围玉带，难以在仕途上有所成就，对于佛法，更是没能领悟参透。老友以旧衲衣相赠，就是为了让他能像唐朝名相裴休一样，可以穿着衲衣在歌姬院持钵乞食，"不为俗情所染，可以说法为人"啊！

这段掌故，佛教名著《五灯会元》一书中也有记载，除了上面这首诗，还录有东坡的另一首禅偈：

> 百千灯作一灯光，尽是恒沙妙法王。
> 是故东坡不敢惜，借君四大作禅床。

一生聪明要作甚么

自黄州放归后,东坡在官场的红尘中又浮沉了十年,直至绍圣元年(1094),59岁的东坡再度遭贬,这一次是偏远的惠州。

依然在镇江金山寺的佛印,十分想念老友东坡。当他听说苏州定慧寺的僧人卓契顺要去惠州看望东坡时,便修书一封,托他带给东坡。

几个月后,东坡收到了佛印这封充满真挚情谊和劝慰告诫的来信。

在信中,佛印先说了一番安慰的话,他说:"我曾经读过韩愈的《送李愿归盘谷序》,李愿根本不曾得到皇帝的赏识和重用,尚且能安心游乐山林以终日,而你苏东坡既经历了科举高中、出入庙堂、加官进爵的荣耀,又经受了远放贬官的挫折与落寞。如今,朝中新党怕你有朝一日重返政坛,所以才把你远远地贬到惠州,事已至此,你心中还有什么看不破、舍不得、放不下的呢?"

苏东坡对韩愈的《送李愿归盘谷序》并不陌生,他曾经

（清）高岑　金山寺图

说过："欧阳公言，晋无文章，唯陶渊明《归去来辞》而已。余谓唐无文章，惟韩退之《送李愿归盘谷序》而已。"因而，苏轼很清楚佛印要说些什么了。

紧接着，佛印兼用佛老两种思想开导苏东坡，显示了他诤友的本色：

> 人生一世，如白驹之过隙，三二十年功名富贵，转盼成空，何不一笔钩断，寻取自家本来面目。万劫常住，永无堕落。

"万劫常住，永无堕落"是佛家修行的最高目标。接着，佛印话锋一转：

> 纵未得到如来地，亦可骖驾鸾鹤，翱翔三岛，

为不死人。何乃胶柱守株，待入恶趣？

即使你成不了金身正果，也可以落得个道家仙人，总比死守官场利禄不放，受人白眼要强。

佛印在信中接着说：

> 昔有问师："佛法在甚么处？"师云："在行住坐卧处，着衣吃饭处，屙屎撒尿处，没理没会处，死活不得处。"子瞻胸中有万卷书，笔下无一点尘，到这地位，不知性命所在，一生聪明，要作甚么？三世诸佛，只是一个有血性的汉子。子瞻若能脚下承当，把三二十年富贵功名，贱如泥土，努力向前，珍重珍重！

佛印是个极为善于做思想工作的禅师，这一番话说得不温不火，分析得入情入理，对东坡有肯定、有批评、有鼓励、有劝说。东坡晚年境况愈窘，但始终保持着宠辱不惊、淡泊自适的潇洒形象，其中未尝没有佛印这封劝慰信的功劳。

再过四年，1098年，佛印圆寂，又三年后，东坡在常州辞世。

子瞻帽

一

元丰八年（1085）十二月上旬，苏东坡从登州返回京城。此时，主持变法的王安石和宋神宗先后去世，年幼的宋哲宗即位，高太后垂帘听政，重新启用司马光等大臣，尽废新法，并于次年（1086）改年号为"元祐"，史称"元祐更化"。

此时的苏东坡，迎来了他仕途上的高光时刻。元丰八年苏东坡回到京城，就任礼部郎中，不到十天，又接朝廷诏令，升为起居舍人。三个月后，又免试任中书舍人兼知制诰。到元祐元年九月，又升为翰林学士、知制诰，在不到两年的时间里，苏东坡从一个谪官一路青云直上，成为朝廷重臣。

与此同时，苏东坡也成为当时的文坛领袖，他的文章甚至举止，都成为士子们学习和模仿的对象。

苏东坡平时在家，喜欢戴一种高筒短檐的帽子，称为子瞻帽。于是全国的读书人竞相仿效，戴子瞻帽成为一时风尚。为此，有人还作了一副对联调侃这种风尚：

伏其几而袭其裳，岂为孔子。

学其书而戴其帽，未是苏公。

子瞻帽的流行程度，可以用一件事来说明。一天，苏东坡陪皇上看戏，宫廷艺人演出了一个小品：几个书生打扮的角色在台上吹牛，都说自己才华盖世，天下第一，争得不可开交。这时，一个头戴子瞻帽的角色走上台，将他们喝住："吵什么吵！要说写文章，有我在，还轮得到你们?!"

"为什么?"小丑们大惑不解。

"哼！你们难道没有看到我头上的子瞻帽吗?"

子瞻帽在元祐年间风行一时，成为士大夫茶余饭后的谈资和文字游戏的材料。南宋洪迈在《夷坚志》中记载说，元祐期间，士大夫中有好事者，喜欢拿达官贵人的姓名作为诗迷。比如"长空雪霁见虹霓，行尽天涯遇帝畿。天子手中执玉简，秀才不肯着麻衣"，分别说的是韩绛（寒降）、冯京（逢京）、王珪（皇珪）、曾布（憎布）。又取古人的名字而说当朝之事，比如"人人皆戴子瞻帽，君实新来转一官。门

（北宋）苏东坡　竹石图

状送还王介甫,潞公身上不曾寒",分别说的是仲长统(众长筒,子瞻帽是一种长筒帽),司马迁(君实是司马光的字,"转官"为"升迁"),谢安石(门状用来致谢,王介甫即王安石),温彦博(潞公是唐代名臣文彦博的封号,"不曾寒"即"温")。

还有一次,苏东坡请客吃饭,顺便叫了一些喜剧演员助兴。演员们使尽平生本事,卖乖逗乐,客人们都笑得前仰后合,但是苏东坡的笑点比较高,始终不笑。

这时,一位候补演员拿起一根棍子就上了台,冲着台上表演的演员们一通乱打,训斥道:"搞笑搞笑,苏学士不笑,你们搞的算什么笑?!"

一个被打得狼狈而逃的演员抱着脑袋说:"非不笑也,不笑,乃所以深笑之也。"

此话一出,东坡大笑。原来,这人是套用了他《王者不治夷狄论》文章中的一句话:"非不治也,不治,乃所以深治之也。"

就连娱乐圈里的演员们,对苏东坡的文章都能如此运用自如,当时苏文之流行程度,可见一斑。

此心安处是吾乡

一

乌台诗案爆发后,司马光、范镇、张方平、李常、陈师仲、王诜、苏辙、王巩等人,都受到苏东坡的牵连,或罚铜、或贬官,由于牵连众多,乌台诗案在历史上成为一次非常有名的文字狱案。在受牵连的一众官员中,王巩是贬得最远、责罚最重的一位。

王巩,字定国,山东莘县人,自号"清虚先生",是张方平的女婿。他"奇俊有文词,好作议论,夸诞轻易,臧否人物,其口可畏,以是颇不容于人",但苏东坡非常欣赏他的直爽,对其"奖引甚力"。元丰二年(1079)受乌台诗案牵连,他被贬为监宾州(广西宾县)盐酒税。尽管如此,他却并不因此与东坡疏远,或有丝毫芥蒂。

对于王巩,苏东坡深感歉疚,"定国为某所累尤深,流落荒服,亲爱隔阔。每念及此,觉心肺间便有汤火芒刺",因此也就对他分外关心。宾州远处岭南,瘴气严重,如何保持身体健康,以抵御瘴疠,是关乎身家性命的问题。苏东坡在信中一再提醒王巩,要"身自爱重",看破女色,并

"少俭啬，勿轻用钱物"，还向他传授保健养生之法。在黄州期间，东坡与王巩书信往来不断，留存至今的苏东坡与朋友的尺牍中，写给王巩的有41篇，仅次于给滕达道的68篇。

直到元祐初年（1086），王巩遇赦北归，苏东坡也已经起复回到京城，二人才得以复见。王巩被贬时，随行有一位侍妾名叫柔奴，眉目清丽，歌喉美妙，从小生长在京师开封。王巩南迁，家属都留在南都岳父张方平家，柔奴毅然陪同前往，数年来与王巩同甘共苦，无怨无悔。

回到京城后，苏东坡关心地问她："广南风土，应是不好？"

柔奴回答道："此心安处，便是吾乡。"

比柔奴早200年，唐代诗人白居易在忠州刺史时，写过一首《种桃杏》诗：

> 无论海角与天涯，大抵心安即是家。
> 路远谁能念乡曲，年深兼欲忘京华。
> 忠州且作三年计，种杏栽桃拟待花。

今天的我们，已经无法知道柔奴"此心安处，便是吾乡"这句话，是否受到了白居易的影响，但无论如何，她的这句话被苏东坡引用后便广为传布，甚至比白居易的原诗更为知名。

苏东坡十分敬佩这位品格超凡的女子，感激她在生活上、精神上给予好友王巩的照顾与慰藉，热情地写词歌颂：

> 常羡人间琢玉郎，天教分付点酥娘。自作清歌传皓齿，风起，雪飞炎海变清凉。　万里归来年愈少，微笑，笑时犹带岭梅香。试问岭南应不好？却道，此心安处是吾乡。

这首《定风波》中，苏东坡赞美王巩美如琢玉，柔奴丽如点酥。王巩作词，柔奴唱歌，柔奴的歌声如风送飞雪，让贬谪的炎热之地变为清凉世界。万里归来之时，显得更加年轻，笑容里仿佛带着岭南梅花的香气。东坡试着问她：岭南的生活还好吗？她却回答道：此心安处，便是我的家乡。

　　其实，苏东坡像王巩一样幸运，身边也有一个像柔奴那样的女性，即侍妾朝云。熙宁七年（1074）苏东坡在杭州通判任上时，收养了12岁的王朝云，作为妻子王闰之的侍仆。后来，王朝云与柔奴一样，陪着苏东坡贬到惠州，并死在了惠州贬所。

阳关还是渭城？

一

李公麟，字伯时，号龙眠居士，是北宋时期著名的画家，与苏东坡是同时代人。邓椿在《画继》中评论说，李伯时出现后，吴道子就无法在画史上独步了。李伯时的画作，著名的有《五马图》《孝经图》《九歌图》等，"一时名贤，俱留纪咏"，当时的名流，都喜欢收藏李伯时的画作作为纪念。直到今天，李公麟所作的苏东坡像，都被认为是最接近苏东坡本人相貌的画作。

李公麟有两幅很有名的画——《归去来图》《阳关图》，后来得到了很多名家的称赞。其中《归去来图》是根据陶渊明的《归去来兮辞》所画，刘才邵评论这幅画作说："渊明萧然自寄于尘埃之外，初无忤物之累，故其辞平淡有太古之遗音。而龙眠翁能于笔端写出情状，使人观之，想见傲逸之姿与林泉栖遁之趣，历历在眼中。"而《阳关图》则是根据唐代诗人王维的《送元二使安西》的诗意所画，元代胡祗遹评论《阳关图》说："《阳关》一图，去者有离乡辞家之悲，来者有观光归国、拜父兄、见妻子之喜。……一渔父水边垂钓，悠然闲适，前人以为得动中之静。"

李公麟的这两幅名画，被当时的殿中侍御史林次中得到后，便请苏东坡在画上写了两首诗。苏东坡的这两首诗，便是《书林次中所得李伯时归去来阳关二图后》：

不见何戡唱渭城，旧人空数米嘉荣。

龙眠独识殷勤处，画出阳关意外声。

两本新图宝墨香，樽前独唱小秦王。

为君翻作归来引，不学阳关空断肠。

不承想，李公麟的画与苏东坡的诗，引起了后人的一段公案。原来，王维的《送元二使安西》，又被后人称作《渭城曲》：

渭城朝雨浥轻尘，客舍青青柳色新。

劝君更尽一杯酒，西出阳关无故人。

王维送元二的地方，是渭城，在长安城西三十里，唐人送客西行便在此处告别。而阳关，则在今天甘肃省酒泉市，距离渭城有1800公里。在当年，那是人迹罕至的西域。因

（北宋）李公麟　五马图（局部）

此，李公麟根据诗意所画之图，应该叫《渭城图》，而不是《阳关图》。而苏东坡所说的"画出阳关意外声"，也应该是"画出渭城意外声"。

这一点，李公麟没有意识到，苏东坡也将错就错，但黄庭坚却意识到了，他在给这幅画题的诗中说："渭城柳色关何事，自是离人作许悲。"

不过，可以确定的是，《渭城曲》到了宋代就已经被改名为《阳关曲》，不仅在音乐上衍生出了著名的《阳关三叠》，在词牌上也产生了《阳关曲》。秦观说："《渭城曲》绝句，近世又歌入《小秦王》，更名《阳关曲》。"苏东坡创作了《阳关曲·中秋月》：

> 暮云收尽溢清寒，银汉无声转玉盘。
> 此生此夜不长好，明月明年何处看。

事实上，"阳关"一词，在宋朝之后就成为一个与离情别绪有关的文化符号。寇准有一首《阳关引》，演绎的也是王维的诗意：

> 塞草烟光阔，渭水波声咽。春朝雨霁轻尘歇，征鞍发。指青青杨柳，又是轻攀折。动黯然，知有后会甚时节？　　更尽一杯酒，歌一阕。叹人生，最难欢聚易离别。且莫辞沉醉，听取阳关彻。念故人，千里自此共明月。

写物之功

诗人有写物之功。"桑之未落,其叶沃若。"他木殆不可以当此。林逋《梅花》诗云:"疏影横斜水清浅,暗香浮动月黄昏。"决非桃李诗。皮日休《白莲》诗云:"无情有恨何人觉,月晓风清欲堕时。"决非红莲诗。此乃写物之功。若石曼卿《红梅》诗云:"认桃无绿叶,辨杏有青枝。"此至陋语,盖村学中体也。

上面这篇评诗人写物的短文,是苏东坡在元祐三年(1088)十二月写给儿子苏过的短简,意在教导苏过在诗歌写作过程中,要有"写物之功",也就是要训练自己通过诗歌抓住事物的特点并表达出来的能力。

苏东坡通过正反几个例子来表达他的观点。他举的第一个例子是《诗经·氓》中的一句"桑之未落,其叶沃若"。《氓》这首诗说的是一个被抛弃的怨妇,经历了恋爱的甜蜜到婚后的辛劳,从青春貌美到人老珠黄的过程,并以桑树作比喻。青春的时候,"桑之未落,其叶沃若",少女就像繁盛的桑叶一样惹人喜爱；而到了青春老去人老珠黄，"桑之落矣，其黄而陨"，随风飘零，无人理睬。在苏东坡看来，这首诗对桑树的描绘就抓住了桑树的特性，其他的树木是不可能这样的。

苏东坡举的第二个例子，是宋代诗人林和靖的《山园小梅》诗。这是诗歌史上一首著名的梅花诗：

> 众芳摇落独暄妍，占尽风情向小园。
> 疏影横斜水清浅，暗香浮动月黄昏。
> 霜禽欲下先偷眼，粉蝶如知合断魂。
> 幸有微吟可相狎，不须檀板共金樽。

林和靖隐居在杭州西湖，对梅花情有独钟，人称"梅妻鹤子"，他这首诗中的"疏影横斜水清浅，暗香浮动月黄昏"被公认为写梅花的名句之一。苏东坡认为，也只有梅花当得起这两句，而桃花、李树等就不可能有这种疏影横斜、暗香浮动的样子。

写物之功

（北宋）苏轼　书林逋诗后

第三个例子是皮日休写的《白莲》诗（今人考证是陆龟蒙的作品）：

> 素蘤多蒙别艳欺，此花端合在瑶池。
> 无情有恨何人觉，月晓风清欲堕时。

苏东坡认为，白莲的淡雅恬静，与世无争，用"月晓风清"来烘托，更能显其风韵，而红莲是绝不会有如此风致的。

最后，苏东坡又举了一个反例。他认为，宋初诗人石曼卿写的《红梅》一诗水平不佳，他用了"至陋"一词，这是一个非常严厉的批评。石曼卿的原诗如下：

> 梅好唯伤白，今红是绝奇。
> 认桃无绿叶，辨杏有青枝。
> 烘笑从人赠，酡颜任笛吹。
> 未应娇意急，发赤怒春迟。

这首诗可以说从头至尾，除了描述梅花之"红"外，对其他物性、品格一字未提。然而，"红"显然不是梅的独有的特性，更说不上是其重要的特性，只说"红"而不描述梅，显然是没有抓到重点，远远谈不上"写物之功"。因此，苏东坡说这是"村学中体"，跟乡村私塾中初学写诗者写的诗体一般。

当然，即便在古代，也有爱抬杠的"杠精"。对于苏东坡的精辟议论，《陈辅之诗话》认为，林和靖的"疏影暗香"一联，更像是描写野蔷薇的；而《渔隐苕溪丛话》则认为，皮日休的《白莲》诗，用来形容白牡丹，更加亲切。

对于这些"杠精"，有人给予了有力的反驳。"'疏影横斜水清浅'，野蔷薇安得有此潇洒标致？而牡丹开时正风和日暖，又安得有月冷风清之气象耶？"

予谓彼杏桃李者，影能疏乎？香能暗乎？繁浓之花又与月黄昏、水清浅有何交涉？且"横斜""浮动"四字，牢不可移。

需要注意的是，苏东坡在此说的"写物之功"，与他在《答谢民师书》中提出的"求物之妙"，是同一个意思，都是要求诗人用准确的语言表现客观事物在自身审美关照下最富有特征的性质。

不害为达

苏东坡曾写过两篇小短文,来表达"不害为达"的观点。有趣的是,这两篇短文都是有关魏晋时期的人物的,而且在行文结构甚至语句用词方面,几乎一模一样。且看:

> 刘伯伦常以锸自随,曰:"死即埋我"。苏子曰:伯伦非达者也,棺椁衣衾,不害为达。苟为不然,死则已矣,何必更埋!

> 陶渊明作《无弦琴》诗云:但得琴中趣,何劳弦上声。苏子曰:渊明非达者也。五音六律,不害为达,苟为不然,无琴可也,何独弦乎?

第一则故事中的刘伯伦就是刘伶,历史上著名的"竹林七贤"之一,以喜饮酒闻名。后来司马光在《资治通鉴》中也写道:

> 刘伶嗜酒,常乘鹿车,携一壶酒,使人荷锸随之,曰:"死便埋我!"当时士大夫皆以为贤,争慕效之,谓之放达。

（明）王仲玉　陶渊明像

第二则写陶渊明。《晋书·陶渊明传》有记载：

> 每一醉，则大适融然。未尝有喜愠之色，惟遇酒则饮，时或无酒，亦雅咏不辍。性不解音，而畜素琴一张，弦徽不具，每朋酒之会，则抚而和之，曰："但识琴中趣，何劳弦上声！

魏晋时期的知识分子，为了对抗虚伪的礼教和严酷的政治环境，他们打破传统礼教的铁链，放浪形骸，任诞简傲，张扬个性，看轻生死，形成了中国文化史上有名的"魏晋风度"，刘伶就是代表人物之一。他喜欢在家里喝酒，大醉后脱光衣服，裸体而坐，有人到他家里，看到他这样，就批评他，但他笑着说："我把天地当房子，把房屋当衣裤，你怎么跑到我的裤子里来了？"

司马光《资治通鉴》中刘伶的故事也表现了他的放达。他出门携带一壶酒，派人带着铁锹跟着，说如果他死了，就地把他埋了，也不需要什么棺材葬礼之类的繁文缛节。这样的行为，使得当时的士大夫纷纷效仿，认为这是放达。然而，苏东坡对此提出了异议。他认为，刘伶的这种行为，还不算真正的"达"，真正的旷达，或说放达，是不需要凭借外物的。派人带着铁锹，死了还要埋掉，那说明心里还是有所牵念，有所依靠，这种牵念和依靠就是一种妨碍，一种"害"；而真正的旷达，是"不害"，不需要外物，不给别人添麻烦，死了就死了，压根就不需要埋。同理，陶渊明弹无弦琴，也不是真正的"达"，因为他还需要琴来作道具。苏东坡认为，真正通达的话，不仅不需要琴弦，连琴也不需要，只要心中有五音六律就行。

苏东坡心中，真正的"达"，应该属于庄子。他也是在对庄子的体认中，形成了自己旷达的性格，并度过了人生中诸多困厄和流离的时期。他的这两篇短文，不是对刘伶和陶渊明的批评，而只是借点评他们的行为，表达自己对"达"的看法：真正的"达"，是超然物外，是不假他物，只有不为形役，才能达到心的逍遥。

换羊书

东晋著名书法家王羲之生性爱鹅，甚至在自家院子里经营了"鹅池"来养鹅，据说他的书法艺术也受到了鹅的启发。绍兴有一位老太太养了一只鹅，叫声很好听，他想买而未能得，于是就带着亲友去观看。谁知老太太听说他要来，竟把鹅烹煮了，准备招待他，王羲之为此难过了一整天。当时，绍兴有位道士，养了一群鹅，王羲之去观看时非常高兴，多次恳求道士要买鹅。道士对他说："你若替我抄一遍《黄庭经》，这群鹅就全部送给你啦！"王羲之欣然命笔，写好后把鹅装在笼子里回去了，一路上乐不可支。后来，人们

（北宋）苏轼　寒食帖（局部）

将王羲之书写的《黄庭经》，称为"换鹅帖"。

王羲之去世700年后，苏东坡成为北宋时期的著名书法家，并拥有众多的"粉丝"，殿前副都指挥使姚麟是其中之一。他虽是一介武夫，却是书画收藏爱好者，很懂得苏东坡书法的价值，但苦于无缘结交，一直得不到苏东坡的墨宝。后来，他知道朋友韩宗儒借着父辈的关系，经常出入苏东坡家，偶尔也与苏东坡有些笔墨往来，于是就找到韩宗儒，利诱他说："你如果能给我弄到一幅苏翰林的墨宝，我送你一条羊腿！"

韩宗儒一乐听了：羊肉可是自己的最爱啊。再说，凭自己与苏东坡的关系，何愁搞不到他一两幅字？于是一口答应。此后，他不时地借故给东坡写信，收到回函，立即就去姚麟家换回羊腿，一饱口福。

这事后来不知怎么被黄庭坚知道了。黄庭坚就对苏东坡说："当年王羲之写《黄庭经》，换了一群白鹅，人称'换鹅帖'。现在韩宗儒用您的信函换羊肉，看来也可以称为'换羊书'了。"

东坡听了，大笑不止。

后来，恰逢宋哲宗生辰，作为翰林学士的苏东坡忙于撰写制诰，连续收到韩宗儒的好几封信，都没空回复。宗儒等得心急，便派仆人来催。苏东坡连忙铺纸，刚想写上几笔，猛然想起黄庭坚说的笑话，不由得笑出声来。他把笔一搁，对韩家的仆人说："你回家告诉你家少爷，本官今日不杀羊了！"

其实说到苏东坡和黄庭坚的书法，还有一个双方互相调笑的经典段子。一天，苏东坡评价黄庭坚的书法："鲁直啊，你的字清劲有力，就是笔势有时太瘦，飘飘摇摇，像是树梢

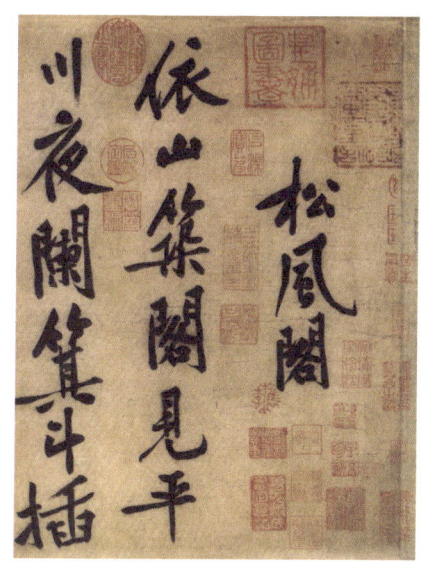

（北宋）黄庭坚　松风阁诗帖（局部）　　　（北宋）苏东坡　寒食帖（局部）

上挂的蛇！"

黄庭坚也不示弱，回敬道："先生的字，当学生的当然不敢妄评。只是偶尔看起来有点扁，好像是蛤蟆被大石头压住了似的。"

于是，"树梢挂蛇"和"石压蛤蟆"，就成为黄庭坚与苏东坡书法特征的专用说法。

四学士与六君子

一

元祐年间,文坛领袖苏东坡门下有"苏门四学士""苏门六君子",为人们所喜闻乐道。

所谓"苏门四学士",即黄庭坚(字鲁直)、秦观(字少游、太虚)、晁补之(字无咎)、张耒(字文潜)。苏东坡门生和崇拜者众多,他最为欣赏和看重的就是这四人。黄庭坚是诗坛的领袖,并成为"江西诗派"的鼻祖;秦观是北宋继柳永之后的婉约派词人的代表,词作传唱大江南北;晁补之、张耒则以议论性文章名动朝野。在东坡官运亨通的元祐初年,这四人也先后汇聚京城,在馆阁内任职,"四学士"之称即出现在此时。后来,他们又和李廌(字方叔)、陈师道(字履常、无己)合称为"苏门六君子"。

苏东坡在给李廌的一封信中提道,"比年于稠人之中骤得张、秦、黄、晁及方叔、履常辈",因此,无论是"四学士"还是"六君子",都是苏东坡本人认可的。宋代高僧惠洪在《石门文字禅》说:"秦少游、张文潜、晁无咎,元祐间俱在馆中,与黄鲁直居四学士。而东坡方为翰林,一时文物之盛,自汉唐以来未有也。"

事实上,苏东坡此时自觉地承担起了振兴文化的使命。有一次他对李廌说,文学艺术要实现自身的价值,就需要一个时代中有名望有地位的士人领导潮流,如此,文学之道统就不会堕落。特别是在太平盛世之时,文士辈出,体现时代精神潮流的文学作品就必须有所宗主。以前欧阳修是文坛盟主,后来文坛盟主的大任交给了东坡,而以后,文坛盟主就应该在他们这些人中产生。他自信地判断:"人才决不徒出,不有益于今,必有觉于后。"

对于"苏门四学士",苏东坡不遗余力地揄扬,使他们崭露头角。苏东坡也常为自己的慧眼识人、奖掖后进而感到自豪,在《答李昭玘书》中,他说:"轼蒙蔽粗遣……独于文人胜士多获所欲。如黄庭坚鲁直、晁补之无咎、秦观太虚、张耒文潜之流,皆世未之知,而轼独先知之。"

更为难能可贵的是,在"苏门"中,苏东坡的观念是"师父领进门,修行在个人"。弟子们想要发展哪方面才能,苏东坡都绝无门户之见,更不以自己的好恶强加于人,而是尊重他们各自的艺术风格。特别是秦观的词作,感情丰富细腻,清丽优美,与东坡的词作风格大不相同。在宋代,就有许多人记录了关于东坡与秦少游词作风格的迥异。《王直方诗话》中说:

> 东坡尝以所作小词示无咎、文潜曰:"何如少游?"二人皆对云:"少游诗似小词,先生小词似诗。"

苏东坡门下弟子,各有自己的风格。苏门弟子在当时就曾总结过各自不同的诗文特点。比如,晁补之分别夸赞黄庭坚、陈师道、张文潜、秦少游的作品:"黄子似渊明,城市亦复真。陈君有道泽，化行间井淳。张侯公瑾流，英思春泉新。高才更难及，淮海一髯秦。"

当时人称苏东坡为"长公"，称苏辙为"少公"。陈师道在写给李廌的一封信中说："苏公之门，有四客人：黄鲁直、秦少游、晁无咎，则长公之客也；张文潜，则少公之客也。"张耒在《赠李德载》一诗中评价说："长公波涛万顷海，少公峭拔千寻麓。黄郎萧萧日下鹤，陈子峭峭霜中竹。秦文倩丽纾桃李，晁论峥嵘走珠玉。"分别指出了苏东坡诗文如海、苏辙峭拔、黄庭坚萧散、陈师道峻峭、秦观倩丽、晁补之峥嵘的艺术特点，"乃知人才各有所长，虽苏门不能兼全也"。

（北宋）李公麟　西园雅集（局部）

四诗风雅颂

———

元祐时期,东坡的文名播于四海,传之域外,在周边国家也有影响力。苏辙有一次奉命出使契丹,到了今天的河北涿州一带,曾在沿途驿站的墙壁上读到过辽人题写的东坡的诗词,他甚至还在辽国都城买到一本《眉山集》,里面有几十篇苏东坡的诗词文赋。苏辙便给东坡写了一封书信,告诉他这事,还顺手写了《奉使契丹二十八首其十三神水馆寄子瞻兄四绝》,其三为:

谁将家集过幽都,逢见胡人问大苏。

莫把文章动蛮貊,恐妨谈笑卧江湖。

苏东坡收到诗后,便和诗一首,为《次韵子由使契丹至涿州见寄》:

毡毳年来亦甚都,时时鴃舌问三苏。

那知老病浑无用,欲向君王乞镜湖。

不管在什么时期,国与国之间的外交活动,总少不了唇舌的智斗与交锋。在这种场合,苏东坡经常以其敏捷的才思和广博的学识,为宋王朝赢得光彩。

一次，有辽使来访，苏东坡与众臣设宴接待。席间，久闻苏东坡大名的辽使想出其不意，难为一下他，便找了机会，故作谦逊地说："在下久闻苏大人大名，不胜钦敬，现有一事求教。我们大辽国曾有一副对子，只有上联，举国无人能对出下联。不知您能否赐教？"

东坡问："上联为何？说来听听。"

辽使清了清嗓子，高声吟道："三光日月星。"

这个上联中，"三"是数目，日、月、星是三样发光且同在天空的东西。下联的要求，一定也要数目字相对，且绝不能为"三"。但如果不是"三"的话，所要列举的数目又与"日月星"不对，这的确是一个陷阱。

但是，苏东坡却不假思索地应声而对："四诗风雅颂。不知您看怎样？"

原来，《诗经》分为"风雅颂"，其中"雅"又分为大雅、小雅，因此合称四诗。以"四诗风雅颂"对"三光日月星"，确是绝对！辽使正在暗自惊诧之时，又听东坡缓缓说道："其实还有一个对子，也可以凑数——四德元亨利。"

此句一出，辽使差一点笑出声来，《易经》中的四德指"元亨利贞"，元亨利，怎么也只有三个啊！苏学士竟然会犯这种低级错误，哈哈，这次可露馅了吧！想至此，辽使就要反驳。

谁知苏东坡马上道："且慢！您以为我忘了一德，对吧？我们两国友邦，作为使节，您应该知道，那没有说出的一德，正是我朝仁祖的庙讳（宋仁宗名赵祯），怎可直言相称？"

辽使本来以为自己能诗善对，能占个便宜，结果自己出一个上联，苏东坡一口气对出两个下联。

"避孔子塔"

―

有一次,中书舍人刘贡父宴请,苏东坡与姜至之也参加宴会。席间,姜至之忽然对东坡说:"哎呀,忽然发现你是一味药。"

东坡不解,惊问其故。姜至之回答说:"子苏子(紫苏子)。"

"子苏子"表面的意思是:你是苏先生。这与中药紫苏子谐音,因此他说苏东坡是一味药。

苏东坡大笑,也忙回答道:"那么你不是半夏,就是厚朴。"

现在轮到姜至之一脸茫然了。苏东坡接着说:"若非半夏、厚朴,何以姜制之?"原来,在中药里面,半夏、厚朴都可以用姜来炮制,以改变其峻烈的药性。

话音一落,举座称绝。

这天东坡因有事要提前离席,临出门了,刘贡父道:"幸早里,且从容。"

表面上看,这是关照苏东坡,时间还早,不必着急,可

（南宋）马远　孔子像

以从容一点，但实际上语带双关，暗含了杏、枣、李、芙蓉四样中药。苏东坡何等聪明，当即回答道："柰这事，须当归。"

苏东坡的意思是，奈何这事情实在没办法，必须早点回去。但其中也暗含了四样中药的名字：柰、枳、柿、当归。

宋代士大夫博览群书，中医药也是他们涉猎的范围，因此才会对这些草药十分熟悉，对答如流。

关于苏东坡与刘贡父的机锋斗嘴，还有一个故事：

刘贡父得了一种怪病，症状是眉毛掉光了，鼻梁塌了。这天他与苏东坡等几位朋友一起喝酒聊天，相互引用古人的诗句开玩笑。轮到苏东坡时，他看着刘贡父高声念道："大风起兮眉飞扬，安得猛士兮守鼻梁！"

此语一出，一桌子人都笑喷了。其实刘贡父这人，也是当时十分有名的善谑者，史载他"滑稽辨捷，为近世之冠"。他听了东坡的嘲笑后，就讲了一个故事："我的一个邻居是经商的，有一个儿子刚刚成人，就让他掌管自己家里的小当铺。不到一年，有一次，有个贼人到他家典当了偷来的东西，结果被官府没收，家里的资本也被耗折得快没了。这个儿子很惭愧地对父亲说：'我不善于经营理财，把您挣的家当都败光了。现在我想找个老师跟着读书，去参加科举，万一能成功，也可一雪前耻。'老父亲听了非常高兴，选了良辰吉日，摆肴具酒，为儿子送行。临行前，父亲谆谆嘱咐：'我老了，以后养老就靠你了。今天你离开我去游学，如果侥幸能光耀门庭，那是我的大幸。但是有一件事，你千万要记住，如果你交的朋友中，有人给你写诗唱和，你千万要看仔细点，更不要和了贼诗，到时候狼狈而归！'"

在座的又都大笑。原来，刘贡父说的就是乌台诗案，包括刘贡父本人在内的许多朋友因和了苏东坡的诗，结果受了连累，罚铜的罚铜，贬官的贬官。

刘贡父的故事刚讲完，苏东坡就接着说："我也讲个故事。"众人听了，不知道苏东坡肚子里又有什么坏水，也不管刘贡父的态度，就催他快讲。苏东坡于是讲了起来："当年孔夫子从卫国回到鲁国，就有人请夫子吃饭。孔夫子去赴宴后，他的一群弟子们就讨论起来，说：'鲁国，是我们的父母之邦。我们跟从夫子游学四方很久了，今天我们有幸都回到家乡，何不趁夫子出门的机会，去寻访亲朋好友，顺便也逛逛街呢？'众人都认为是好主意，于是分散行动。然而，弟子们刚刚到了街市的入口，还没来得及好好游览，便在人群之中望见夫子巍巍然地回来了。弟子们大为惊惶，吓得四

「避孔子塔」

散而逃，子路、子夏等人更是动如脱兔，跑得比谁都快。只有颜回平时就拘谨，遽然之下，撒不开腿，他看到路边有个石塔，好像可以藏身，便躲了进去，趴在石塔后面，待夫子过去后他才出来。后来，弟子们就给这个石塔起了个名字，你们知道叫什么吗？"

苏东坡讲到这里，故意卖了个关子。众人问："叫什么？"

苏东坡笑道："叫'避孔子塔'。"

众人大笑不止。刘贡父是山东人，这个"避孔子塔"用山东话读起来，就是"鼻孔子塌"。原来东坡是打趣刘贡父的塌鼻子。

鳌糟陂里叔孙通

一

元祐后期的北宋朝廷内部，再次爆发了党争。这次的党争，不是之前以王安石为代表的新党和以司马光为代表的旧党的斗争那么简单，党争的参与者，除了新党的残余势力外，主要阵容有：蜀党，以苏东坡为首，苏辙、吕陶等为辅；洛党，以程颐、程颢为首，朱光庭、贾易为辅；朔党，以刘挚、梁焘、王岩叟、刘安世为首，从者众多。这几党混战的基本形势是：洛党与朔党联合，力欲掀翻以苏东坡为首的蜀党。

这次党争，主要是政治观念以及权力利益的纷争，当然，其间也夹杂着性格上的冲突。比如，苏东坡与程颐，一个是天真烂漫的诗人，一个是一本正经的理学家，在性格上就有着巨大的冲突。

程颢、程颐兄弟是中国历史上著名的理学家，都以讲道学闻名，被尊称为"两程夫子"。关于这兄弟俩，最有名的一个故事，是冯梦龙在《古今谭概》中写的，故事大意是：有一次哥俩一同去赴宴，有妓女陪酒。程颐怕妓女近身，站起来整整衣襟便告辞离开了。程颢却和众客人谈笑饮酒，直至终席。

第二天，程颐来到哥哥书房，讲起头天让妓女来陪酒，仍然气愤不已。程颢便对弟弟说："昨天酒席上有妓女，我心中却没有妓女；今天这书房中没有妓女，你却老是想着昨天，看来心中还有妓女啊。"

就因为一个心中有妓，一个心中无妓，后来人们就认为程颢的"道行"比程颐更高。今人钟叔河先生评论说，其实程颐生气固然不必，程颢用心搞出这么一套说辞，未免也活得太累了。

在宋代，士大夫们应酬，有家妓或官妓陪酒是十分正常的。程氏兄弟推崇儒学、理学，主张天道与人道统一，存天理，灭人欲，难怪冯梦龙将其归入"迂腐"一类。

还有例子说明程氏迂腐。比如杜甫写过一首诗，里面有"穿花蛱蝶深深见，点水蜻蜓款款飞"两句，而程颐就认为作文吟诗应该"载道"，不能像孩子一样喜欢花花草草。他批评杜甫："如此闲言语，道出作甚？"

诗歌怎能离得开春花秋树、风月江山？《诗经》三百篇，草木鸟兽也多了去了，按照程颐这种观点，绝大部分唐诗都不该存在。

程颐也给宋哲宗当过老师。当时哲宗还是个十岁出头的孩子。一天，春光明媚，程颐讲书，课间休息时，哲宗看到窗外的柳条摇曳生姿，绿得让人心里发痒，就顺手折了一枝来玩。没想到这一举动被程颐看到，他立即跑过来一本正经地说："时当春和，万物发生，不可无辜摧折，致伤天地和气！为君者以仁为本，草木与人一样，都是生命。连草木都不爱惜，怎么可能爱惜百姓万民？"

听了这番"以小见大"的道理,小哲宗大为扫兴,顿时把柳条往地上一摔,气冲冲地回了内宫。司马光听说这件事后,气愤地说:"人主不愿接近儒生,都是程颐这些腐儒造成的!"

程颐这样的性格,与苏东坡是完全相反的。他与苏东坡同朝,不发生冲突才是一件怪事。

元祐元年(1086)九月初一,司马光去世,享年68岁。

司马光去世这天,恰巧是皇帝带领群臣举行明堂祭祀大典的日子。大臣们参加完祭祀仪式后,才赶往司马光的相府吊唁。不料,他们统统被程颐拦住了。他的理由是:"《论语》曰,'子于是日哭,则不歌'。岂可贺赦才了,便去吊丧?"

苏东坡听了,马上抓住了程颐的逻辑错误,说道:"孔子说哭则不歌,没有说歌则不哭啊!"

程颐愣了一下,没想到东坡这么讲歪理,还是硬拦着大家不让进,一边不停地讲道理。东坡平时就讨厌程颐的拘泥古礼、不近人情,便按捺不住,嘲笑道:"此乃鏖糟陂里叔孙通所制礼也!"

叔孙通是秦汉时人,汉初时曾为刘邦制定了一整套的规章礼仪。"鏖糟陂里"是俗语,有"乡巴佬""没有见识"的意思。"鏖糟陂里叔孙通"的意思就是从乡野来的叔孙通,这是说程颐死板,不识大体。

程颐言必称尧舜孔孟,迂腐死板又凛然不可侵犯;苏东坡处处以精神自由为重,心里非常受不了程颐的严苛和死板。而在程颐眼中,苏东坡就是一个言行放肆不庄重的轻薄文人。苏东坡如此笑谑他,自然是拔了老虎的胡须,伤害了他的尊严。更重要的是，程颐的一帮弟子愤愤不平，认为苏东坡侮辱了老师，就反诬苏东坡想主办司马光的丧事，因为程颐先得，所以生了嫉妒之心。如此一来，就种下了蜀党与洛党党争的种子。

这回还了相思债

—

> 到处相逢是偶然,
>
> 梦中相对各华颠。
>
> 还来一醉西湖雨,
>
> 不见跳珠十五年。
>
> ——《与莫同年雨中饮湖上》

元祐四年（1089），苏东坡由于在朝中被以程颐为首的洛党以及以刘挚为首的朔党攻击、排挤，以龙图阁学士的身份出任浙西路兵马钤辖兼杭州知州。此时，距离他离任杭州通判已经整整十五年。这是苏东坡第二次到杭州任地方官，杭州是他一生中唯一一个两次任地方官的地方。

这次来杭州，作为杭州的"一把手"，苏东坡治理盐桥河（今杭州中河）和茅山河（今杭州东河），疏浚西湖，筑建苏堤，赈济灾民，为杭州留下了丰富的物质文化遗产。此外，苏东坡还经常在灵隐寺、冷泉亭据案判牍。有一次，在冷泉亭，东坡就判了一件凶杀案。

灵隐寺一个叫了然的和尚，不但没有"了然"红尘，还

（明）唐寅　钱塘景物图

贪淫乐祸，常到娼妓李秀奴家中厮混。后来，李秀奴对他厌倦，拒绝再与其交往，了然却死缠着不放。

一个月黑风高之夜，了然又外出寻欢，喝了两杯酒便淫心发动，于是跌跌撞撞地来到秀奴家，一见大门紧闭，便怒火中烧，用拳头猛捶，吓得李秀奴更是不敢开门。了然破门而入，对着李秀奴就是一顿暴打，可怜一个娇弱女子，被他活活打死。

县官受理了案件后，向州府申报。刚巧苏东坡在冷泉亭读到这一案卷，大怒："一个做和尚的，破了戒律，还打死民女，看来你这尘缘，也该尽了！"遂将了然捉来审问。只见了然的手臂上还有文身，只是这文身确是两行字：

但愿同生极乐园，免教今生苦相思。

东坡一看，更是发怒，心想这秃驴如此"相思"害了人命，却又弄些风月笔墨，糊弄本官。既然如此，本官也用笔墨打发你上西天吧！于是写道：

这个秃奴，修行忒煞。云山顶上空持戒。一从迷恋玉楼人，鹑衣百结浑无奈。　毒手伤人，花容粉碎，空空色色今何在？臂间刺道相思苦，这回还了相思债。

——《踏莎行》

"忒煞"，是极端、过分的意思，是说了然和尚修行走入了邪魔，沉迷于女色，实在是枉自披了一身破烂袈裟。"色空"，是佛家语。佛家把可以感触到的有形物质，称为"色"，认为现实世界的事物并不具有任何永恒的特性，都是虚幻不实、旋生旋灭的，因此，又称之为"空"。可见，"色"即是"空"，"空"即是"色"。佛家劝人消灭妄念，解脱烦恼，回到"空"的境界去。曹雪芹《红楼梦》里有一个"空空道人",在大荒山无稽崖青埂峰下同一块顽石对话之后,便"因空见色,由色生情,传情入色,自色悟空",意思就是超脱现实世界、皈依佛门。苏东坡在这首词里反问"空空色色今何在",谴责了然修行不诚,置"色空"教义于不顾,又婉转地对秀奴惨死的悲剧表示了同情。按律法,杀人者偿命,东坡也只好送了然去"极乐世界"还"相思债"去了。

谁记琴操一段情

一

明代陈汝元曾经写过一出名叫《金莲记》的戏，写苏东坡在杭州任通判时，夫人王闰之生病，再三催促苏东坡娶妾。后来，作为堂堂一州长官的苏东坡，竟然娶了歌女琴操的妹妹朝云为妾，而月老就是歌女琴操。

朝云是琴操的妹妹，琴操当月老等等，当然是民间野史。不过，琴操确有其人，却不是陈汝元的杜撰。

关于琴操，正史上的记载并不多。从现有的资料来看，她出身于官宦之家，是一个能歌善舞、文学素养深厚而且反应机敏的才女。然而，十三岁那年，父亲被抓了，家被抄了，她由富家小姐变成了歌女。有关她的故事，均与东坡有关。

宋吴曾在《能改斋漫录》中记载了这样一个故事，这个故事与秦少游的一首词有关。

秦少游的这首词，就是著名的《满庭芳》：

山抹微云，天连衰草，画角声断谯门。暂停征棹，聊共引离尊。多少蓬莱旧事，空回首，烟霭纷纷。斜阳处，寒鸦万点，流水绕孤村。　销魂，当此际，香囊暗解，罗带轻分。谩赢得青楼，薄幸名存。此去何时见也，襟袖上，空惹啼痕。伤情处，高城望断，灯火已黄昏。

这首写离情别绪的词，是秦少游的代表作之一，也是婉约派的名作。词作面世后，很快就传遍士林。

苏东坡任杭州知州时，有一天，西湖上，有一歌女唱秦少游的这首词，大概是记忆有误，唱到"画角声断谯门"时，唱成了"画角声断斜阳"。恰好此时琴操在旁边，就提醒她是"谯门"，不是"斜阳"。于是歌女就与琴操开玩笑说："那你能不能改一下韵，让我将错就错，一错到底呢？"

谁知琴操并未拒绝，但见她略一沉思，就将秦少游的这首《满庭芳》，从原来的"元"字韵改为了"阳"字韵：

山抹微云，天连衰草，画角声断斜阳。暂停征棹，聊共引离觞。多少蓬莱旧事，空回首，烟霭茫茫。孤村里，寒鸦万点，流水绕低墙。　魂伤，当此际，轻分罗带，暗解香囊。谩赢得青楼，薄幸名狂。此去何时见也，襟袖上，空有余香。伤情处，高城望断，灯火已昏黄。

两人的这一段对话，正巧被苏东坡听个正着。他被琴操机智、敏捷的才思所打动，从此对琴操刮目相看，也因此对她格外注意，经常带琴操游山玩水。

后来有一次泛舟西湖，苏东坡玩心大起，对琴操说："我们演个参禅的情景剧吧！我当佛门长老，你当门下弟子，你来发问，我回答。"

于是，琴操坐到了苏东坡的对面，参禅游戏正式开始，两人在湖上斗起了机锋。

东坡问:"何谓湖中景?"

琴操答:"秋水共长天一色,落霞与孤鹜齐飞。"

这是唐朝王勃《滕王阁序》中的名句。琴操用来形容眼前西湖之景,可谓信手拈来。

东坡很满意,点点头,心想:这姑娘果然不错。然后接着问:"何谓景中人?"

琴操答:"裙拖六幅湘江水,鬓耸巫山一段云。"

这是唐朝李群玉《同郑相并歌姬小饮戏赠》中的名句,江山美人,景人合一,正是眼前情景。

东坡听了,不由得对琴操心生怜爱之情,心想这样一个女子,成为歌女实在可惜。但他不露声色,继续问道:"何谓人中意?"

琴操云:"随他杨学士,鳖杀鲍参军。"

杨学士,即杨炯,是初唐四杰之一;鲍参军即鲍照,这两位都是不怎么得意的诗人。琴操举这二人应对苏东坡的"人中意",显然是以古喻今,借人说己,心有不甘。

东坡不问了。他站起身,举目远眺,想到这个可怜的女孩子的身世,喃喃叹道:"荣华富贵欢乐场,到头究竟能如何?"

聪明又敏感的琴操,听出了苏东坡的弦外之音,颤声问道:"长老所言,究竟什么意思?"

苏东坡收回目光,眼睛转到琴操年轻清秀的面庞上,不无怜爱地说道:"门前冷落车马稀,老大嫁作商人妇。"

这是白居易《琵琶行》中的名句,说弹琵琶的歌女少年时众星拱月,年老色衰后门前冷落,只得嫁给商人,忍受长久离别的痛苦。

琴操本是极有慧根之人,苏东坡此语,如同醍醐灌顶,

苏东坡与琴操

一下子惊醒了梦中人。琴操顿觉自己只有了结在尘世中的无常人生,才能永脱苦海。然而,如果那样,她又怎能再遇到苏东坡这样的才士呢?又如何还能有像今天这样充满趣味和智慧的对答呢?

尘世固然充满苦难,但仍然会有阳光从乌云中漏下来。

但即便有这样的欢乐,又能怎样?

琴操的心中,刹那间闪过了万千念头。她泪流满面,起身唱道:

> 谢学士,醒黄粱。门前冷落稀车马,世事浮沉梦一场。说什么鸾歌凤舞,说什么翠羽明珰,到后来两鬓尽苍苍,只剩得风流孽债,空使我两泪汪汪。我也不愿苦从良,我也不愿乐从良,从今念佛往西方。

第二天,琴操拿出多年积蓄赎了身,到临安玲珑寺出家为尼。八年后去世，年仅二十四岁。

据说，琴操出家后，东坡为当时的一时逞才而懊悔不已，他数次来到卧龙寺，苦苦相劝，希望琴操重返俗世。但琴操心如钢铁，拒不相从。

1934年3月29日，郁达夫、林语堂、潘光旦三人来到玲珑山口，循着前人的脚印，找到了传说中的琴操墓。在荒草寂寂的墓前，三个民国的游客，看到琴操墓不禁愤怒起来：眼前的这一丘荒冢，怎么能配得上这个前朝的美人？更令人愤怒的是，皇皇八卷《临安志》，却找不到有关琴操的半点记载！郁达夫遂援笔书道：

山既玲珑水亦清，

东坡曾此访云英。

如何八卷临安志，

不记琴操一段情？

三人发愿重修琴操墓。然而，不久后，抗日战争爆发，郁达夫流亡海外，1942年被日本人杀死于苏门答腊岛，他的愿望终未实现。好在今天的临安区政府重修了琴操墓，也算替郁达夫完成了心愿。

宽赦醉鬼才子

一

东坡疾恶如仇,但对一些有趣的人,即便他们犯了大错,东坡也会心有怜惜,在法律规定的框架内,尽量地从宽处理。

杭州有一个叫颜几的人,字几圣,是个大帅哥,"俊伟不羁",很有才学。不过他有一个缺点,就是嗜酒如命,每天不喝上几碗,日子就算白过了。东坡知守杭州时,恰逢元祐五年(1090)秋试。这个颜几,大概是才学出名,于是一个姓刘的富家子弟找他代考,并答应他,如果成功,会给他一大笔银子用来买酒。

颜几想都没想就答应了,而且一举考中。

但是,世上没有不透风的墙,颜几代考的事情不知怎么泄露了,结果参加秋试的举人们纷纷告状。颜几就被抓了起来,关到了牢房里。

对颜几来说,坐几天牢没有关系,但是没有酒喝就难以忍受了。过不了几天,实在忍受不了的颜几,偷偷地写了一首《狱中寄酒友》诗,托付狱卒转给外面的酒友。诗是这样写的:

> 龟不灵兮祸有胎，刀从林甫笑中来。
> 忧惶囚系二十日，辜负醺酣三百杯。
> 病鹤虽甘低羽翼，罪龙尤欲望风雷。
> 诸豪俱是知心友，谁遣尊罍向北开。

诗的大意是：万万没有想到，一场好事变成了祸事。我被关押了二十天了，算来少喝了三百杯酒，实在太辜负酒杯了。虽然我犯了王法，甘心在牢房里待着，可是我有一颗渴望自由的心啊！各位有钱的朋友，你们都是我的知心人，你们喝酒的时候，一定要朝着我在的方向打开酒坛子，让我闻闻味也好啊！

狱卒自然不敢作主，便把诗作交给了苏东坡。苏东坡看罢，觉得这个颜几十分可爱，有才华，更是性情中人，遂起了爱才之心，给了他一个缓刑，然后等到皇上大赦天下之时，就彻底把他放了。

过了几年，颜几有一回醉倒在西湖边的一个寺庙里，然后在寺庙的墙壁上写了两句诗："白日樽中短，青山枕上高。"意思是说：酒喝醉了，白天都感觉短了；人醉倒在地上，青山好像都变高了。

这个酒鬼一般的才子，没过几天就醉死了。

捉弄大通禅师

一

杭州净慈寺有位禅师法名大通，俗姓董，颍州人，又号法通，是圆照禅师的弟子。他是一位戒律森严的名僧，一般的俗人、信徒难以见他一面。即便要见他，也必须事先沐浴焚香，斋戒数日。如此严格的禅师，对佛家的各种戒律更是加倍遵守，当然不许女人随便进入他的禅堂。

而苏东坡了解到，大通禅师年轻时曾到京师考过进士，后来与朝廷关系交好，获得了神宗皇帝诏令的"赐号"，因此才名声大噪，备享荣耀。他认为大通禅师戒律森严，更多的是逢场作戏，作秀给人看，于是决定找个机会捉弄一下大通禅师。

一天，东坡和一群朋友在湖边游玩，路过净慈寺，大家都知道大通禅师很严厉，不敢造次。只有东坡肆无忌惮，带着一群歌女，嘻嘻哈哈地跨进庙里，直接走进大通的禅堂。果然，正在打坐的大通禅师，见此状况禁不住怒形于色，但又不便发作，只好顾自闭目念经。苏东坡拿起纸笔，写下一首小词，便让歌女咿咿呀呀地唱了起来：

> 师唱谁家曲？宗风嗣阿谁？借君拍板与门槌，我也逢场作戏、莫相疑。　　溪女方偷眼，山僧莫皱眉。却愁弥勒下生迟，不见老婆三五、少年时。
>
> ——《南歌子》

词的大意是：大师您唱的是哪家的经文？您传承的是哪家的家风？你看我拿着拍板、门槌这样敲打，其实不就跟您一样是逢场作戏吗！这些村姑们都在偷眼看热闹，山僧们也就不要愁眉苦脸地皱眉头啦。这时候，就算是弥勒佛也不会及时降生，来解除大通禅师的尴尬啦！我想，你们一定没有见到过，大通和尚在十五六岁的少年时，也曾有过放浪举动吧！

苏东坡对大通禅师的恶作剧可以说是一点都不留情面。僧寺乃清洁之地，他却带领了歌女去拜谒禅师，禅师发怒了，但东坡似乎丝毫不觉，反而当场作词，令歌女歌之。结果惹得一些村姑偷眼观看，山僧们也莫不为之皱眉。"溪女"与"山僧"，"偷眼"与"皱眉"，一俗一僧，一方挤眉弄眼，一方愁眉苦脸，这种强烈的反差，形成了极有戏剧性的场面，令人哑然失笑。

这首词后来传了出去，苏州有一个叫仲殊的僧人听到后，也和了一首《南歌子》：

> 解舞清平乐，如今说向谁？红炉片雪上钳锤，打就金毛狮子、也堪疑。　　木女明开眼，泥人暗皱眉。蟠桃已是著花迟，不向春风一笑、待何时？

顺便说说这个仲殊的故事。仲殊出家前姓张名挥，是安州进士。出家后先后在苏州承天寺、杭州吴山宝月寺当过和尚，也是苏东坡的方外好友，善于作词，操笔立成。仲殊刚到苏州时，曾在姑苏台上写下一绝：

天长地久大悠悠，尔既无心我亦休。

　　浪迹姑苏人不管，春风吹笛酒家楼。

东坡知守杭州，从京师路过苏州时读到此诗，以为是神仙所作，后来苏东坡与仲殊成为莫逆之交，说他"胸中无一毫发事"，经常约他与参寥一起雪中游西湖、寺院，并互相酬唱。

仲殊创作才思敏捷。有一次他造访郡守衙门，在与郡守寒暄之际，看到庭下有一个脸色憔悴的美丽妇人拿着诉状站立在雨中，雨水打湿了鞋子。郡守见状，想到仲殊作诗迅捷，就命他就此时此景写一首。仲殊马上口占一首《踏莎行》：

　　浓润侵衣，暗香飘砌，雨中花色添憔悴。凤鞋湿透立多时，不言不语厌厌地。　　眉上新愁，手中文字，因何不倩鳞鸿寄？想伊只诉薄情人，官中谁管闲公事？

"凤鞋湿透立多时，不言不语厌厌地。"仲殊以明白晓畅的话语，十分传神地描写了这个来衙门告状的女子的形象神态和重重心事，郡守很快命人将仲殊此词抄录下来。

仲殊迅捷的诗才久为人知，他这首张口就来的词作很快传遍全城，被人们熟知。有一次，仲殊在外面游荡累了，经过一棵枇杷树时，就靠在树下休息。此时恰好有认识仲殊的人从他身边路过，想起仲殊的词作，就改了几个字调侃仲殊："枇杷树下立多时，不言不语厌厌地。"

芳心千重似束

一

元祐五年（1090）的一个夏天，杭州知州苏东坡与同僚们在西湖万顷寺聚会。官府的乐工、歌妓们说说笑笑，前呼后拥，奉命到宴会上添酒助兴。宴会开始后，才发现一个名叫秀兰的歌妓没有到。派人去催了几次，她才匆匆赶来。

东坡问："秀兰姑娘，你为何来晚了？"

秀兰上前施了一礼，说："奴婢洗浴后在屋内乘凉，不觉睡去，因此来迟了。"

此时东坡注意到，秀兰的右手拿着一柄团扇，左手却手持一束红石榴花。那石榴花半吐花蕊，浓艳至极。东坡便问："你手里这石榴花，从哪而来？"

秀兰答道："奴婢出门时，看到院子里有棵石榴树，花儿开得正艳，心下喜爱得紧……"

未等秀兰说完，座中有一个官员忽然厉声喝道："今天众妓皆来，唯你后至，竟不速速赶来，还有闲情摘花玩儿，是没把大学士放在眼里吗？"

秀兰闻言胆颤道："奴婢岂敢！奴婢知罪，下次再也不

（明）唐寅　王蜀宫妓图

敢了!只是,奴婢摘这石榴花,不是为了玩儿,而是以此向苏大人请罪。"说罢,上前将石榴花献给东坡,流下两行泪,显得楚楚动人。

东坡接了石榴花,看着眼前这柔弱女子,不禁心生怜爱。又想她能别出心裁,以石榴花请罪,必是心灵美好之人。于是便制止那位官员说:"谁能没有困乏疲惫之时?一时睡熟误事,也不是大过,不必责之太甚。"说罢,又对秀兰说:"我一会儿写首词,你来唱给大家听,就算谢罪了。可否?"秀兰停止哭泣,轻轻颔首。苏东坡命人取来纸笔,片刻便写成一首《贺新郎》:

> 乳燕飞华屋,悄无人、桐阴转午,晚凉新浴。手弄生绡白团扇,扇手一时似玉。渐困倚、孤眠清熟。帘外谁来推绣户?枉教人梦断瑶台曲。又却是、风敲竹。　　石榴半吐红巾蹙。待浮花浪蕊都尽,伴君幽独。秾艳一枝细看取,芳心千重似束。又恐被、秋风惊绿。若待得君来向此,花前对酒不忍触。共粉泪,两簌簌。

这首词记述了当天事情的经过,上阕写了秀兰洗浴之后困倦小睡的情景,本来正梦游仙境瑶台,却被风惊醒。唐代李益有诗云"开门复动竹,疑是玉人来",东坡化用此意,写出秀兰由梦而醒却还睡意蒙眬的情态;下阕则写秀兰到了府衙之后的情景,东坡以石榴花作比,称赏秀兰有谨慎自重的高洁品格,"浮花浪蕊"不能与她争胜,唯有"芳心千重似束"的石榴可以与她作伴。结尾表达了东坡怕见花与人同遭摧残,花瓣与泪水同时飘落的情景,寄托了他对下层女子的深切同情。

东坡写完这首词,交给秀兰。秀兰早已领会词中要旨，唱起来也是清音悱恻，情态动人，一座府僚，无不击节称赏。

东坡此词很快就流传开了。《古今词话》的作者宋人杨湜记载了这个故事，并说："子瞻之作，皆记目前事，盖取其沐浴新凉，曲名《贺新凉》也，后人不知之，误为《贺新郎》，盖不得子瞻之意也。子瞻真所谓风流太守也，岂可与俗吏同日语哉！"关于苏东坡这首词的故事，后人有各种看法。南宋胡仔认为，杨湜的记载纯属荒唐，可以入《笑林》，并且说："东坡此词，冠绝古今，托意高远，宁为一娼而发邪？""东坡此词，深为不幸，横遭点污，吾不可无一言雪其耻。"

胡仔的评论，反而暴露了他对下层民众的偏见和歧视。东坡对下层民众，特别是歌妓这个群体，一直寄予深切的同情。他一生有很多词作都写给了歌妓，并不认为这是什么有损尊严的事情，更谈不上是污点和耻辱。

其实，苏东坡对词中描写的女子分明充满了同情，并不一定有更高远的托意，即使认定此词是为一官妓而作，又有何不可？中国社会科学院文学研究所《唐宋词选》只说"表现的是一个女子的孤独、抑郁的情怀"，但没有明言是为秀兰而作。胡云翼《宋词选》赞同胡仔的意见，认为苏轼这首词"前段写的是一个高洁绝尘而孤寂的美人，后段写的是不与'浮花浪蕊'为伍而愿意'伴君幽独'的榴花，最后指明美人与榴花都在失时的边缘。不难明白，这是作者自抒其怀才不遇的抑郁心情"。然而，以龙图阁大学士出知杭州的苏东坡，此时与黄州时期的心境并不相类，并不存在什么"怀才不遇的抑郁心情"。

三分是诗,七分是读

一

郭祥正,字功甫,当涂人,年轻时写诗就有李白的风韵,受到著名诗人梅尧臣的赏识,说他"天才如此,真太白后身也"——公元762年,李白恰是在当涂病逝。

郭祥正的诗才,不仅得到了梅尧臣的赏识,也受到了苏东坡和王安石的推重。

王安石罢相寄寓金陵时,郭祥正与他往来频繁。有一天,郭祥正陪同王安石等人游金陵凤凰台,众人便纷纷提议步李白名篇《登金陵凤凰台》原韵,各写一首诗。所谓"步韵",又称"次韵",即用原诗的原韵,不仅韵脚用字相同,而且顺序也必须一样。李白的原作如下:

> 凤凰台上凤凰游,凤去台空江自流。
> 吴宫花草埋幽径,晋代衣冠成古丘。
> 三山半落青天外,二水中分白鹭洲。
> 总为浮云能蔽日,长安不见使人愁。

郭祥正不假思索,提笔就写了一首《凤凰台次李太白韵》:

> 高台不见凤凰游，浩浩长江入海流。
> 舞罢青娥同去国，战残白骨尚盈丘。
> 风摇落日吹行槕，潮卷新沙换故洲。
> 结绮临春无处觅，年年芳草向人愁。

郭祥正这首诗，首联也用凤凰台的传说，颔联怀古，用宫娥去国、白骨盈丘写往事俱成陈迹，颈联从变迁中写江景，尾联以结绮、临春的典故，发古今兴亡之叹。这首诗虽然没有李白诗作忧国思君的宏阔凝重，在思想、名气上也不能与李白原诗比肩，但仍不失为一首佳作。因此，明代朱承爵说："李太白《凤凰台诗》，昔贤评为古今绝唱。余偶读郭功甫诗，真得太白逸气。其母梦太白而生，是岂其后身邪？"

郭祥正不仅诗写得好，吟诵诗作时更是神采飞扬。他嗓音浑厚，字正腔圆，声情并茂，常常为诗作增色不少。苏东坡在杭州做知州时，有一次郭祥正来访。两人见面寒暄几句后，他就从袖子里拿出一卷诗，朗诵给苏东坡听。只听他字字掷地有声，抑扬顿挫，嘹亮激越。他一首首地诵读下去，完全被自己的朗读陶醉了。终于读完一卷诗，他问东坡："苏学士，在下这些诗，可以打几分？"

东坡不由得想跟他开个玩笑，答道："十分！"

郭祥正没想到苏东坡对自己的诗作评价这么高，大喜。问道："敢问拙诗好在哪里？"

东坡笑道："三分是诗，七分是读，加起来岂不正好是十分？"

其实，苏东坡能与郭祥正开玩笑，源于两人深厚的友谊。郭祥正比东坡大一岁，在当时也是文坛名流，与许多文坛俊杰交好。元丰七年（1084）六月，苏东坡离开黄州到达当涂时,郭祥正恰以汀州通判勒停家居,便设家宴招待东坡。东坡在郭祥正家里喝至大醉,乘酒兴在他家的石壁上画了一幅竹石图。郭祥正为答谢苏东坡,不但写了一首诗,还送给苏东坡两把古铜剑作为礼物。苏东坡又作《郭祥正家醉画竹石壁上郭作诗为谢且遗古铜剑》一首,其中头四句说:

空肠得酒芒角出,肝肺槎牙生竹石。

森然欲作不可回,吐向君家雪色壁。

周亮工说这四句"不必见画,觉十指酒气,沸沸满壁"。叶矫然也说它"可谓快手风雨,笔下有神者也"。

后来东坡被贬海南岛,他与郭祥正依然经常诗歌往还。元符三年(1100),苏东坡从海南儋州到广西合浦,郭祥正还给东坡寄了一首《寄东坡先生自朱崖量移合浦》:

君恩浩荡似阳春,海外移来住海滨。

莫向沙边弄明月,夜深无数采珠人。

郭祥正深知苏东坡生性放达,天真率性,也知道东坡屡次被贬,全是由于诗文邀祸。他告诫苏东坡:皇恩浩荡,让你从海外回到靠近大陆的海边,但是不要再吟风弄月招惹麻烦了,即便在深夜,海边还有无数的采珠人。意思是你如珍珠一般,小心被他们采去。

秋月令人凄惨，春月令人和悦

一

苏东坡的第一任妻子王弗去世后，王弗的堂妹王闰之嫁给了苏东坡，成为他的继室。在之后20多年的岁月里，王闰之跟随苏东坡，浮沉于政治风浪，穷无怨言，富无骄气，始终保持着贤惠、朴实又本色的品格。特别令苏东坡感动的是，王闰之对堂姐所生的苏迈，与自己所生的苏迨、苏过都一样疼爱，视为己出。"三子如一，爱出于天。"这样的气度与贤惠，是苏东坡度过艰难时日的重要支撑，特别是在谪居黄州的五年中，没有王闰之无微不至的关怀与照顾，苏东坡是很难从那苦闷中解脱出来的。

王闰之并不仅在生活起居上照顾苏东坡，还具有一颗诗心，也十分懂得苏东坡。苏东坡在黄州时，经济拮据，常常捉襟见肘。但王闰之知道东坡喜欢招待朋友，便省吃俭用，偷偷地给他藏些酒，以便需要时接待朋友。苏东坡在《后赤壁赋》里就记载说，他与朋友们过黄泥之坂，客人说当天捕了一条大鱼，巨口细鳞，就像松江的鲈鱼，可是有鱼无酒怎么办？苏东坡回到住处临皋亭，"归而谋诸妇"，与王闰之商量,王闰之就说道:"我有斗酒,藏之久矣,以待子不时之需。"

从这点可以看出,王闰之是非常懂得诗人的心灵的。

元祐七年(1092)二月,时任颍州知府的苏东坡正在堂前观月赏梅。那一夜,春雨初霁,月色如洗。王闰之见如此美景,对东坡说:"春月胜过秋月。秋月令人凄惨,春月令人和悦。如此良夜美景,何不召德麟等人饮此梅花之下?"

东坡闻言,大喜道:"我还不知夫人能吟诗呢!"王夫人说:"我怎么会吟诗呢?"苏东坡认真地说:"夫人刚才说的话,就是一首好诗啊。"

在东坡看来,所谓诗人,就是具有诗性心灵的人。诗人未必一定要写出押韵的诗行,但必定有一颗善感的心灵。夫人王闰之或许作不出什么诗词歌赋,但春月秋月之言,已经是生命对于自然的体验、心灵对于外物的直觉了。

在王闰之的建议下,苏东坡邀请了好友赵令畤(赵德麟)和恩师欧阳修的两个儿子,摆开便宴,

秋月令人凄惨,春月令人和悦

(清)金农 梅花图

赏月观花。有感于夫人刚才的"吟诗"，苏东坡将其改写为《减字木兰花·春月》：

> 春庭月午，摇荡香醪光欲舞。步转回廊，半落梅花婉娩香。　　轻风薄雾，都是少年行乐处。不似秋光，只共离人照断肠。

谁知一语成谶，"只共离人照断肠"，王闰之于第二年（1093）八月归同秋光，溘然长逝。本来想在这衰老迟暮之年，尽快辞官，与她携手回归故里，谁知她却撒手先走一步！苏东坡哀痛欲绝，哭道：

> 我曰归哉，行返丘园。曾不少须，弃我而先。孰迎我门，孰馈我田。已矣奈何，泪尽目干。

回过头来看，王闰之的"秋月令人凄惨，春月令人和悦"的审美表达，在不经意中与明清清言小品的审美一致。清代张潮《幽梦影》一书，代表了清代一批文人士大夫的审美趣味，而且其表达方式与王闰之的话相似，如"赏花宜对佳人，醉月宜对韵人，映雪宜对高人"，如"律己宜带秋气，处世宜带春气"，如"梅令人高，兰令人幽，菊令人野，莲令人淡，春海棠令人艳，牡丹令人豪，蕉与竹令人韵，秋海棠令人媚，松令人逸，桐令人清，柳令人感"。这种审美，这种句式，是不是在王闰之那里就能看到影子？

"山色有无中",是因为近视吗?

—

庆历八年(1048),欧阳修在扬州任知州时,实地勘察了扬州西北的蜀冈。这蜀冈上原有南朝时所建的大明寺遗址,已如废墟一般,院内开阔,一旁堆积着砖石、栋梁之类的建筑材料。于是,欧阳修便请能工巧匠,用了几个月时间,在这里修起了一座殿堂。坐此堂上,江南诸山,历历在目,似与堂平,欧阳修将其命名为"平山堂"。在堂前,他亲手栽下了一株柳树,后人将之称为"欧公柳"。

远山来与此堂平。扬州本无高山阔水,风景虽佳,却失之纤弱。唯有借长江水、江南山,方显些许雄浑之气,此平远胜景之可贵也。蜀冈由趾到巅,总

(北宋)欧阳修 灼艾帖

共30多丈，以它的高度和江南群山相较，真是微不足道。但欧阳修借势建平山堂，在天清云净之时，借以观浩荡江水，得见金山、焦山诸山，遂大大拓宽了以小家碧玉为特点的扬州的视域。而此后来到扬州的文人墨客们，当其"登高作赋"时，也有了地理上的凭借。

八年后，嘉祐元年（1056），欧阳修已经在京城任翰林学士。这一年，与他过从甚密的刘敞出守扬州，欧阳修追忆起了当年自己知守扬州时建平山堂，诗酒流连、风流儒雅的生活，便写了一首《朝中措》词送行：

平山阑槛倚晴空，山色有无中。手种堂前垂柳，别来几度春风。　　文章太守，挥毫万字，一饮千钟。行乐直须年少，尊前看取衰翁。

词作追忆平山堂迷人的风光——凌空矗立的殿堂，若隐若现的山色，和那春风中摇曳的依依杨柳，将往昔的欢愉与现今的怀想交叠互渗之后，将这种今昔之感引入人事沧桑。那"挥毫万字，一饮千钟"的"文章太守"，才华横溢，气度豪迈，既是眼前英姿勃发、正当盛年的刘敞的传神摹写，更是当年欧阳修自我风采的生动写照。许多年后，他的后辈秦少游，读此词后印象十分深刻，甚至在他的《望海潮·广陵怀古》一词中效法说："最好挥毫万字，一饮拼千钟！"

然而，当时有人读到此词后，却脑洞大开，提出了一个问题：从平山堂看江南诸山，都很近，而欧阳修却说"山色有无中"，莫非欧阳修是近视眼？

当时很多人听到这样的疑问后，也没有当真。因为这句话本来出自唐朝大诗人王维的《汉江临眺》：

楚塞三湘接，荆门九派通。

江流天地外，山色有无中。

> 郡邑浮前浦，波澜动远空。
>
> 襄阳好风日，留醉与山翁。

当然，王维所写视野极广，不存在是否近视的问题，也没有人提出这个问题。

直到20多年后，宋神宗元丰六年（1083），此时欧阳修早已作古，他的学生苏东坡此时也谪居黄州。在黄州，他为一座名为"快哉亭"的亭子作了一首《水调歌头》，词云：

> 落日绣帘卷，亭下水连空。知君为我新作，窗户湿青红。长记平山堂上，欹枕江南烟雨，杳杳没孤鸿。记得醉翁语：山色有无中。　一千顷，都镜净，倒碧峰。忽然浪起，掀舞一叶白头翁。堪笑兰台公子，未解庄生天籁，刚道有雌雄。一点浩然气，千里快哉风。

在这里，苏东坡给出了答案：山色之所以若有若无，是因为江南多烟雨，水汽多，造成了视野上的朦胧感。

其实，苏东坡还有一首有关平山堂与欧阳修的《西江月·平山堂》，写于他第三次路过扬州之时：

> 三过平山堂下，半生弹指声中。十年不见老仙翁，壁上龙蛇飞动。　欲吊文章太守，仍歌杨柳春风。休言万事转头空，未转头时是梦。

不辞长作岭南人

一

作为诗人和士大夫的苏东坡，在大多数时候，是将其对国运民生、社会百态的关注放在第一位的。所谓"致君尧舜上，再使风俗淳"，这是宋代士大夫骨子里的追求。然而，当时事逼迫，世道不允许施展自己的抱负，"许国心犹在，康时术已虚"时，苏东坡也就只能放下这一切，关注起日常生活中的吃喝拉撒来。所谓"道在屎溺"，吃睡皆禅，谁说平淡的日常中，就没有诗意的发现呢？

绍圣元年（1094）九月，苏东坡与爱妾朝云、小儿子苏过一行，在被贬往惠州的路上，行经清远时，遇到一位姓顾的秀才，其姓名已经失考，我们就称其为"顾秀才"吧。大概是看出东坡担心惠州远离中原，风土不佳，自己以老弱之身，难以适应，这个顾秀才便向东坡极言惠州风物之美。说惠州秋天桂花飘香，黄柑遍野，夏日荔枝累累，如火似燃，而且是隐居修仙的好地方。

荔枝，苏东坡当然知道。"长安回望绣成堆，山顶千门次第开。一骑红尘妃子笑，无人知是荔枝来。"在他之前

200多年，晚唐诗人杜牧曾写过著名的《过华清宫》绝句，饱读唐人诗作的苏东坡，自然知道荔枝。然而，直到现在，苏东坡也无缘尝过荔枝的味道，他对此怎能不充满了期待？然而，东坡到惠州时，已是初冬十月，早已过了产荔枝的季节。要想尝到荔枝美味，他还需要等上半年。

绍圣二年（1095）四月十一日，岭南的荔枝终于成熟了，苏东坡第一次吃上了荔枝。他像个孩子一样，兴奋不已，一口气写了一首长诗《四月十一日初食荔枝》，纪念这人生的第一次。"南村诸杨北村卢，白华青叶冬不枯。垂黄缀紫烟雨里，特与荔子为先驱。"他说在惠州，各个村子种满了杨梅、卢橘，但荔枝却是最先成熟的。"海山仙人绛罗襦，红纱中单白玉肤。不须更待妃子笑，风骨自是倾城姝。"荔枝如同海上仙山中的仙女，壳如紫色的罗裙，肉如白玉的肌肤。它根本不需要杨贵妃开颜一笑为其增色，自身就具有倾国倾城的风骨。

在东坡的眼中，荔枝具有两大不可比拟的优势：味道好、品格高，在水果中没有别的品种可比。如果扩展到食物中，其美味也只有蛤蜊和河豚的肉可以媲美。

对于荔枝美味的认识，苏东坡是比较得意的。他还写过一篇笔记：

> 仆尝问荔枝何所似？或曰：荔枝似龙眼。坐客皆笑其陋，荔枝实无所似也。仆云：荔枝似江珧柱。应者皆怃然，仆亦不辩。

江珧柱，即蛤蜊肉。苏东坡将荔枝比为蛤蜊肉，出乎众人的意外，所以大家都很惊讶，但东坡也不去辩解。为何？因为这不是"味道"的比较，而是对美味的一种"通感"。懂的人自然懂，不懂的人，怎么解释也懂不了。

（南宋）赵佶　写生翎毛图（局部）

当然，由荔枝的美味，苏东坡联想到人生的种种。如果不能济世安民，难道还不能满足口腹之欲吗？"我生涉世本为口，一官久已轻莼鲈。人间何者非梦幻，南来万里真良图。"意思是：人生本来不就是为了一口吃的吗？我做官太久啦，竟然忘记了莼菜鲈鱼的味道，早已看轻了乡土之思。万丈红尘中，又有什么不是梦幻呢？这样说来，我被贬，不远万里来到这南方，不也是人生中一件美好的事吗？

对于吃荔枝，苏东坡表现出极大的热情，还没有哪一种水果能够如此引起东坡的兴趣。此后，他又作《荔枝叹》《食荔枝二首》等诗。

罗浮山下四时春，卢橘杨梅次第新。
日啖荔枝三百颗，不辞长作岭南人。

——《食荔枝》

每天能尽情开怀地吃上荔枝，别说被贬了，就算是做一辈子岭南人都值得啊！看，由于荔枝，苏东坡整个人生观都发生了改变。

化为乌有一先生

一

　　有了荔枝的美味，当然也不能忘记琼浆玉液的芳香。从中医的角度来看，饮酒可以调动人体阳气，从而抵御岭南一带的瘴气。而中草药中的肉桂，"主温中，利肝腑气，杀三虫，轻身坚骨，养神发色，使常如童子，疗心腹冷疾，为百药先"。苏东坡到惠州后一个月，就开始以肉桂酿酒。他迫不及待地开始酿酒的原因有四：一是惠州在岭南，靠大海，瘴气盛行，需要每天饮酒以御瘴气；二是虽然宋代承五代旧制，有酒曲之禁，禁止私人酿酒，但在今天的四川、福建、广东等地，却划出了一些特别区域，开放酒禁，惠州正是没有酒禁之地；三是东坡在惠州恰巧遇到了隐居的世外高人，将酿桂酒的方法传授与他；第四，在苏东坡看来，酒为天禄，其成坏美恶，是主人吉凶祸福的预兆。东坡岭南万里，是福是祸，他想从酿酒的结果中占卜一下。

　　酿造的结果，是"酿成而玉色，香味超然，非人间物也"。东坡大喜，作《桂酒颂》，并将酿酒法刻石于罗浮铁桥之下，以期那些忘世求道者得之。又作《新酿桂酒》一诗：

> 捣香筛辣入瓶盆，盏盏春溪带雨浑。
>
> 收拾小山藏社瓮，招呼明月到芳樽。
>
> 酒材已遣门生致，菜把仍叨地主恩。
>
> 烂煮葵羹斟桂醑，风流可惜在蛮村。

在惠州，苏东坡还用白面、糯米和水酿成过"真一酒"。真一酒的色与味，与东坡在黄州酿的蜜酒颇为相像。对于真一酒，苏东坡也写诗赞美："晓日着颜红有晕，春风入髓散无声。人间真一东坡老，与作青州从事名。"后来，苏东坡在给朋友徐得之的信中，详细描述了真一酒的酿造方法。

苏东坡自酿的酒，真有那么好吗？根据南宋叶梦得的记载，苏东坡在黄州酿的蜜酒和在惠州酿的桂酒，味道似乎并不太好。东坡的酿酒和诗作，有很大的自娱成分，或者说苏东坡在意的是酿酒的过程所带来的快乐，以及对贬谪之痛的忘却。至于对酒的描述，则是敝帚自珍与自我吹捧兼而有之了。

也许正是因为如此，苏东坡更多的还是买酒，以及朋友送酒。绍圣二年（1095）年底，他的朋友章质夫知守广州，知道东坡爱酒，便遣小吏给东坡送了六壶酒，并写了一封信给东坡告知此事。然而，不幸的是，送酒的小吏在路上不慎摔倒，酒壶摔碎，酒水全部归于大地。小吏不敢再去，怏怏而归，向领导请罪去了。而苏东坡收到信后，左盼右盼，却没有盼来那六壶酒，便作诗一首，"质问"章质夫：你送的酒呢？

> 白衣送酒舞渊明，急扫风轩洗破觥。
>
> 岂意青州六从事，化为乌有一先生。
>
> 空烦左手持新蟹，漫绕东篱嗅落英。
>
> 南海使君今北海，定分百榼饷春耕。
>
> ——《章质夫送酒六壶，书至而酒不达，戏作小诗问之》

"青州从事"是一个典故，来自《世说新语》：

> 桓公有主簿，善别酒，有酒辄令先尝。好者谓"青州从事"，恶者谓"平原督邮"。青州有齐郡，平原有鬲县。"从事"言到脐，"督邮"言在鬲上住。

由于这个故事，后来诗人们经常把"青州从事""平原督邮"作为好酒和劣酒的代称。因此，这首诗的大意是：我听说你要送酒来，急忙收拾房间，洗好酒杯等待着。谁想到那六壶好酒，都化为乌有。我现在赏菊只能左手持蟹，却没有好酒相配了。喜欢酒的你啊，是把酒浇到地里，准备来年的春耕吧！

"岂意青州六从事，化为乌有一先生"一联，被历代评论家激赏。吴曾在《能改斋漫录》中评价说这两句"浑然一意，无斧凿痕，更觉其工"。

卓契顺万里传书

名士当年留旧宅

禅门今日尚生辉

在今日苏州凤凰街定慧寺巷的入口处,有这样一副对联。对联中的"名士",指的是苏东坡,而"禅门",指的则是定慧寺。定慧寺初创于唐朝咸通年间,后几毁几建。东坡在杭州任职并来往于常州、润州之时,多次在路过苏州时寄寓寺中,并与主持僧守钦友善。

绍圣元年(1094)六月,东坡开始了他人生中的第二次颠沛流离——远谪至万里蛮荒的惠州。东坡虑及此去定无再返之理,便遣散家人,令次子苏迨携家回宜兴,跟着长子苏迈在宜兴生活,自己单独带着最小的儿子苏过和侍妾朝云前往贬所。

这样的生离,又何异于死别?绍圣三年(1096),离东坡去惠州已有两年,带着一家老小住在宜兴的苏迈,却未曾收到父亲的只言片语。一家人苦苦思念贬谪在岭南的东坡,日夜忧愁,茶饭不思。然而关山难越,山河阻隔,连寄送一封家书都是奢望啊！这时，定慧寺里一个从事杂役而未出家的净人卓契顺听说后，对苏迈说："你们何必如此忧虑呢?!惠州不在天上，只要不停地走，总是能走到的。我愿意为你们去送家书！"于是，这一年的三月二日，正是春暖花开的初春时节，卓契顺带着苏迈一家老小的思念，带着定慧寺一众僧人对东坡的牵挂，也带着主持守钦写给东坡的《拟寒山十颂》诗上路了。

在东坡散文《书归去来辞赠契顺》中，东坡寥寥几笔记载了卓契顺一路的艰苦："契顺涉江度岭，徒行露宿，僵仆瘴雾，黧面茧足以至惠州，得书径还。"意思是说，卓契顺一路上不曾假借舟车，全靠步行，跋山涉水，风餐露宿。岭南多瘴气，卓契顺为此曾生病而卧倒；到达惠州时，早已是面色黝黑，双足生茧。

即便这样，处于贬谪之中的东坡，仍然不忘与这个远道而来的友人开个玩笑。在《东坡志林》中，他记录此事说："苏台定慧院净人卓契顺，不远数千里，陟岭渡海，候无恙于东坡。东坡问：'将什么土物来？'顺展两手。坡云：'可惜许数千里空手来。'顺作荷担势，信步而去。"

东坡与卓契顺开玩笑，问他大老远过来有没有带了什么土特产，卓契顺摊摊两手，表示啥都没有。东坡说空手而来有些可惜，而卓契顺也回应了一个玩笑——装作挑担的样子，信步而走。短短几句文字如禅语，流露出两人神仙般的洒脱。

东坡贬谪惠州，人们避之唯恐不及，唯卓契顺不远万里前来探望，东坡的心里对他一定充满了钦佩与感激。在他返程之时，东坡问他有什么要求，想答谢这位重情重义的友人。卓契顺回答说："我正因为无所求，才到惠州来的。如果有所求的话，我还不如去京城呢！"

但是东坡苦问不停，卓契顺才说："当年的蔡明远，只是鄱阳湖的一个小校官，颜真卿在饶州做刺史时与土匪周旋作战，一度缺粮少米。蔡明远以船载米来周济他。颜真卿揣度他的意思，送他尺把的条幅，使得天下人至今都知道有蔡明远这个人。今天我卓契顺虽然没有粮米给您，但万里而来，您可以仿效颜真卿公，给我写几个字吗？"

东坡欣然应允。只是觉得自己无论是名节之重还是字画之好，都不如颜真卿，于是就写了陶渊明的《归去来兮辞》，赠送卓契顺。并在题跋中详细记述了卓契顺千里送书的经过，希望他能因此而名垂青史。东坡写的那幅字没有能留存下来，但是那篇题跋却完整地保存在东坡的文集中。

据清代的《苏亭小志》记载，卓契顺怀揣苏东坡墨宝返回，当他路过江西陶渊明故居时，却觉得《归去来兮辞》放在那里更适合，便毅然将它留在了那里，使得苏东坡这一传世墨迹和苏州失之交臂。所幸的是，卓契顺回到苏州后，如实将此事告知定慧寺守钦长老，并记录了下来。

（北宋）苏东坡　归去来兮辞（局部）

惟有朝云能识我

一

苏东坡的一生中，有三个女人对他来说至关重要：第一任妻子王弗，1054年嫁给苏东坡，1065年去世，去世时年仅27岁。第二任妻子王闰之，是王弗的堂妹，1068年嫁给苏东坡，1093年去世，去世时46岁。第三个女人是王朝云，1074年，苏东坡任杭州通判时将其带到苏家，此时王朝云只有12岁。1080年，苏东坡贬谪黄州时，朝云18岁，苏东坡纳其为妾，从此朝云就一直跟着苏东坡，走完了自己的生命历程。

绍圣元年（1094），苏东坡被贬惠州。此时王闰之已经去世，苏东坡便只带着小儿子苏过、侍妾朝云和两位女仆前往贬所。

然而，未曾想到的是，在惠州这一段日子，是朝云陪伴苏东坡的最后一段时光。朝云陪着东坡到了惠州这个蛮荒之地，最终这个年轻的生命陨落在离家万里的异乡。

到惠州的第二年秋天，正是万木萧疏、景色凄迷的季节。一天，东坡与朝云闲坐，见窗外如此秋景，不禁感伤起来，于是请朝云演唱自己曾经写过的那首《蝶恋花》词：

> 花褪残红青杏小。燕子飞时，绿水人家绕。枝上柳绵吹又少，天涯何处无芳草。　墙里秋千墙外道。墙外行人，墙里佳人笑。笑渐不闻声渐悄，多情却被无情恼。

然而，朝云站起来，亮了亮喉咙，一个"花"字哽在喉咙里再也唱不出来，泪落如雨，沾满衣襟。

东坡万分惊讶，忙问朝云何以至此。久久，朝云哽咽着答道："奴所不能歌者，唯'枝上柳绵吹又少，天涯何处无芳草'二句。"

东坡听此，一种不祥的预感涌上心头，却只能强自按下，佯装大笑道："我正悲秋呢，你却伤起春来了！"

宋代惠洪在《冷斋夜话》中记载说，朝云"日诵'枝上柳绵'二句，为之流泪，病极，尤不释口"。果然，"不久抱疾而亡，子瞻终身不复听此词"。

这年六月，惠州酷热难耐。在这高温湿热的天气里，毒瘴开始流

（清）顾洛　朝云善对图

行。而惠州贫穷落后、缺医少药，使得瘟疫迅速蔓延，救治艰难。可怜的朝云，不幸染上疾病。在苦苦支撑了十多天后，到七月初五，遽然而逝。

朝云弥留之际，神志清醒，口中一遍遍地吟诵着《金刚经》中的"六如偈"：

一切有为法，如梦幻泡影。

如露亦如电，应作如是观。

朝云的声息，渐微渐远，缓缓而绝。此时，她享年仅34岁。

朝云的死，对苏东坡来说，无异于晴空霹雳。朝云虽非正室，以妾的身份跟随东坡二十三年，却是东坡患难中的知己。在苏东坡的记忆中，朝云是一个十分聪明的女子。元祐年间，苏东坡任翰林学士时，有一次午饭过后，觉酒足饭饱，在家中的花园里，苏东坡抚摸着肚子慢慢地走，恰巧碰到朝云和家中的一群丫鬟，便喊住她们，指着自己的肚子问道："来来来，你们说说看，我这肚子里面装的是什么东西？"

其中的一位侍女很快答道："都是文章。"另一个侍女则答说："满腹都是见识。"此时，只有朝云的回答超出了苏东坡的想象，她说："学士一肚皮不合时宜。"

"不合时宜"，可以说是对苏东坡性格及其为人处世的最精当的评语。回望苏东坡大半辈子的坎坷与磨难，不正是因为这个"不合时宜"吗？

（清）王愫　朝云小像

正因为此，传说苏东坡为朝云写了一副挽联：

不合时宜，唯有朝云能识我；

独弹古调，每逢暮雨便思卿。

依照朝云的遗嘱，八月初三，东坡将她葬于惠州西湖栖禅寺东南山坡上的松林中。墓地山顶上有大圣塔，巍然矗立在蓝天白云间。朝云墓为坡垄屏蔽，林荫茂密。山风吹来，塔上铃声续断不绝，倍增悲戚。东坡在其墓上建亭，名为"六如亭"，并刻碑以志：

东坡先生侍妾曰朝云，字子霞，姓王氏，钱塘人。敏而好义，事先生二十有三年，忠敬若一。绍圣三年七月壬辰，卒于惠州，年三十四。八月庚申，葬之丰湖之上，栖禅山寺之东南。生子遁，未期而夭。盖尝从比丘尼义冲学佛法，亦粗识大意。且死，诵《金刚经》四句偈以绝。铭曰：浮屠是瞻，伽蓝是依。如汝宿心，唯佛之归。

"伤心一念偿前债，弹指三生断后缘。"朝云之死，使东坡沉痛悲伤。时序流转，很快到了重阳节，苏东坡登高望远，想起朝云，心中更感孤凄，惠州的山水草木，都无不令他想起朝云：

玉骨那愁瘴雾，冰肌自有仙风。海仙时遣探芳丛，倒挂绿毛幺凤。　　素面翻嫌粉涴，洗妆不褪唇红。高情已逐晓云空，不与梨花同梦。

——《西江月·梅花》

这首咏梅词托物喻人，以梅花象征和赞美朝云：天生丽质，素洁可爱，冰肌玉骨，情怀高洁。为此，东坡甚至在朝云的墓旁，栽植了数百株梅花，以陪伴朝云的灵魂。

古代中国，女子地位低下，能传下名字来的并不多，但朝云的名字流传下来了，且引起了后代文学士子的倾慕。在明末，钱谦益的友人程孟阳曾借五首《朝云诗》寄托他对柳如是的倾慕；曹雪芹在他的《红楼梦》中，也曾借贾雨村之口，把朝云看作秉有清明灵秀之气的"情痴情种"；清代广东新会人何绛的《西湖曲（其五）》则云：

　　试上山头奠桂浆，朝云艳骨有余香。
　　宋朝陵墓俱零落，嫁得文人胜帝王。

春梦婆

绍圣四年（1097）三月，以宰相章惇为首的朝中大臣对元祐时代的大臣加重惩罚，苏东坡再次被贬往海南儋州，而他的弟弟苏辙则被贬往雷州，弟子黄庭坚被贬往宜州。据说，这是章惇搞了一个文字游戏式的贬谪：苏东坡字子瞻，取其"瞻"字形近，贬往儋州；苏辙字子由，取其"由"字形近，贬往雷州；黄庭坚字鲁直，取其"直"字形近，贬往宜州。

这一年七月初二，苏东坡到达贬所儋州。

儋州虽然地广，但是住户少，苏东坡很快就与当地百姓混熟了。他经常戴着一顶黎家的藤织裹头白帽，穿着佩戴花缦衣饰的民族服装，打着赤脚，信步闲游；或者头戴椰子冠，手拄桄榔杖，脚蹬木屐，口嚼槟榔，背上一壶自酿的天门冬酒，到当地黎民家中串门，喝个半醉后才回家。然而，海岛上民居散乱，家家户户都隐藏在竹藤之间，没有什么标志性的建筑以辨家门，苏东坡常常迷路，只有以牛屎、牛栏作为认路的标志。那些扎着小辫的黎族顽童，也已经跟这个外来的老人混熟,他们跟在东坡屁股后面,口吹葱叶,发出呜呜的声音。

> 半醒半醉问诸黎,竹刺藤梢步步迷。
> 但寻牛矢觅归路,家在牛栏西复西。
> ——《被酒独行,遍至子云、威、徽、先觉四黎之舍(其一)》

> 总角黎家三四童,口吹葱叶送迎翁。
> 莫作天涯万里意,溪边自有舞雩风。
> ——《被酒独行,遍至子云、威、徽、先觉四黎之舍(其二)》

苏东坡去城南看望老秀才符林,两人一起在木棉花下痛饮。这个符林,年轻时风流多情,如今虽然年纪大了,容颜已老,双鬓已白,但心性不改,喜欢上了邻村的一个"春梦婆"。东坡以晋代的谢琨为比喻打趣他说:

> 符老风情奈老何,朱颜减尽鬓丝多。
> 投梭每因东邻女,换扇惟逢春梦婆。
> ——《被酒独行,遍至子云、威、徽、先觉四黎之舍(其三)》

据《晋书》记载,谢琨年轻时风流成性,他的邻居高家有一个年轻漂亮的女孩子,谢琨有事没事就唱支歌挑逗她。后来,这高姓的女子不堪其扰,向他扔来一把梭子,谢琨躲避不及,门牙被打断了两颗。当时人们就嘲笑说:"看你还敢放肆?打掉两个牙齿!"谢琨不屑,傲然回答说:"这点痛苦算什么,一点不影响我唱歌!"

而诗中的"春梦婆",则是当地的一位70多岁的老妇。有一次,苏东坡背着一只大瓢在田间边走边唱,恰好遇到这位正往田头送饭的老妇。老妇人一见东坡这又滑稽又可爱的样子,不禁呵呵大笑。苏东坡于是就与她闲聊起来。

东坡问道:"老人家,你看现在世事怎么样啊?"

老妇人答："世事还不就是一场春梦？"

东坡："怎见得是这样呢？"

老妇人："先生当年身在朝廷，官至翰林学士，享尽荣华富贵，可现在呢？回头看看，不就像一场春梦吗？"

东坡听后一怔，禁不住笑了。他想起十几年前谪居黄州时自己写的那首《正月二十日，与潘郭二生出郊寻春，忽记去年是日同至女王城，作诗，乃和前韵》中的两句："人似秋鸿来有信，事如春梦了无痕。"是啊，这一生的升沉起伏，那昔日的富贵，还有什么痕迹吗？"人生如梦"，"世事一场大梦，人生几度秋凉"，这样的慨叹，他面对赤壁的滔滔江水发出过，他面对中秋的孤月也发出过。可这次，同样的话语出自一个大字不识的村野老妇，令人震撼。一句话就道出了人生的本质，真不是凡人哪！从此，东坡就唤这位老妇人为"春梦婆"。

海南从此"破天荒"

一

被贬到海南后,苏东坡官员的身份弱化,知识分子的身份逐渐凸显出来。苏东坡在海南,自觉地承担起了文化拓荒者和传播者的责任。他深知,海南的落后是由于文明的迟滞,只有通过文化的教化,才能从根本上提高黎民百姓的生产和生活水平。他与当地的读书人广泛交游,吸引众多学子,或讲学,或作诗,或送字,或赠画,还亲自编写教材,除了"四书五经",还讲欧阳修和宋祁合编的《新唐书》,以及司马光的《资治通鉴》。今天,当我们徜徉东坡书院,仿佛能听到当年学子们朗朗的书声,穿越千年而来,如清风拂面,令人心旌摇荡。

儋州在庆历年间曾经建过州学,只是没有教师肯长年待在这里,时间一久也就废了,所以黎家子弟读书的很少。苏东坡的到来,给海南这个荒蛮之地带来了文明的火种。不仅琼州本地的百姓对于这位文化伟人敬仰如北斗,甚至远在广州的学子也远道前来求学。对于他们,只要有心向学的,东坡都循循善诱予以开导。

萬里瞻天

万里瞻天

《琼台记事录》中说:"宋苏文忠公之谪儋耳,讲学明道,教化日兴。琼州人文之盛,实自公启之。"自唐代开科取士以来,四五百年间,儋州未曾有一人登第。对此,苏东坡深感遗憾,并为海南培养了有史以来第一名举人。该人名叫姜唐佐,琼州人,元符二年(1099)九月,他跋山涉水慕名来到儋州,向东坡求学,一住半年,深得东坡赏识。临别时,姜唐佐请诗一首,东坡在他的扇子上题了两句诗:

沧海何曾断地脉,白袍端合破天荒。

什么是"破天荒"?原来,在唐代时,荆州一带的举人,每次去京城应试进士,都没有一个考上的,当时人称"天荒",意指这里还处于混沌未开的原始状态。直到唐宣宗大中年间,荆州南部有一个叫刘蜕的,终于考中了进士,于是人们将此事称为"破天荒"。苏东坡的意思是,尽管海南孤悬海外,但地脉相连,文脉不断,你这个白衣书生也该"破天荒"中个进士了。

姜唐佐当然理解这个意思,但他说:"怎么只有两句?您给我写一首完整的吧。"

东坡说:"等你登科及第,我自然为你补足。"

到第二年,东坡北归,至琼州。此时东坡已是65岁的老者,他拄着一支拐杖到了姜唐佐家。姜唐佐不在家,苏东坡便自己坐在屋内的一只木凳上,问他的老母亲:"秀才去哪里了?"姜母答:"去了别的村子,还没回来。"苏东坡看到姜家有包灯芯纸,便将纸捻开,在上面写满了字,然后对姜母说:"秀才回来后,您把这些纸给他看。"姜唐佐回来后,见上面写的是:"张睢阳生犹骂贼,嚼齿空龈;颜平原死不忘君,握拳透爪。"

张睢阳即张巡,颜平原即颜真卿,两人都是唐末安史之乱时抗击叛军的文官名臣。唐肃宗至德二年（757），张巡在睢阳（在今河南商丘）保卫战中，抱着"志吞逆贼"、一往无前的必胜意志，"每与贼战，大呼誓师，眦裂血流，齿牙皆碎"。城破被俘后，临死前犹大骂逆贼。颜真卿是著名书法家，也曾率军在平原郡抗击叛军，后来出使叛营，被叛军首领李希烈缢杀。据说，颜真卿就义时双拳紧握，指甲竟穿透了手掌！

苏东坡用这两个故事，当然不是要姜唐佐成为率军打仗的将军，而是要他学习两人"嚼齿空龈"和"握拳透爪"的那种心志专一、志在必得的精神。

姜唐佐后来果然没有辜负东坡的期望。崇宁二年（1103）正月，姜唐佐到了汝南，此时东坡已经去世两年，他找到了东坡的弟弟苏辙，并将东坡的两句诗给苏辙看。苏辙"览之流涕"，并将诗补足：

> 生长茅间有异芳，风流稷下古诸姜。
> 适从琼管鱼龙窟，秀出羊城翰墨场。
> 沧海何曾断地脉，白袍端合破天荒。
> 锦衣他日千人看，始信东坡眼目长。
> ——《补子瞻赠姜唐佐秀才》

再过六年，儋州人符确率先成为海南第一名进士。有宋一代，海南中进士者12人，中举人者13人。时至明代，海南文化进入鼎盛时期，中进士62人，中举人593人，海南因而有了"海滨邹鲁"的佳誉。所以《重修海南志叙》中说，"儋耳为汉武帝元鼎六年置郡，阅汉魏六朝至唐及五代，文化未开。北宋苏文忠公来琼，居儋四年，以诗书礼乐之教转移其风俗，变化其人心"，使该地"书声琅琅，弦歌四起"。

东坡制墨

—

海南文化落后,蛮荒孤立,物质条件和生活状况都十分恶劣。苏东坡与儿子苏过排忧遣闷的重要方式就是抄书、写作。所以,文房四宝笔墨纸砚,对于苏氏一家就非常重要。海南没有上等文具,苏东坡到海南后一年多,所用的纸墨都靠朋友接济,但这种接济时常会中断。没有纸笔的日子,苏东坡非常烦恼:

> 砚细而不退墨,纸滑而字易燥,皆尤物也。吾平生无所嗜好,独好佳笔墨。既得罪谪海南,凡养生具十无八九,佳纸墨行且尽,至用此等,将何以自娱?为之慨然。

纸墨笔砚这文房四宝,对于苏东坡这样的文人来说,简直比生命还重要。苏东坡一生与这文房四宝打交道,对其中的优劣更是熟谙于心。直到今天,流传下来的苏东坡专门关于笔墨纸砚的题跋类小品文就有七八十篇,"东坡制墨""东坡玩砚"甚至成为历代画家的一个创作主题。

正当东坡为纸墨烦恼之时,喜事来了。元符二年

（1099）三四月间，有一个名叫潘衡的墨工，从浙江金华来到儋州拜访东坡，东坡大喜。海南松树很多，"松多故煤富，煤富故有择也"，于是两人就地取材，砍松烧火，开工制墨。

东坡制墨的流程，其实也简单：点燃松枝，收集松烟，处理松烟，用胶定型即可。第一次制墨，东坡"得烟甚丰，而墨不甚精"。因为潘衡虽然精于制墨，但只是在后道程序上精通，对于如何采集优质的烟煤，却还不如东坡。东坡于是教他改造墨灶，"远突宽灶"，把烟囱拉长，把烟灶扩大。经过改造后，第二批产品出炉，这一次，烟煤的产量虽然减了差不多一半，质量却达到了上乘。

这一次，苏东坡共制作了数百块墨："此墨出灰池中，未五日而色已如此，日久胶定，当不减李廷珪、张遇也。"隔了几天，他使用过之后，又说："此墨吾在海南亲作，其墨与廷珪不相下。"

李廷珪是南唐时人，他制作的墨，坚硬如玉，纹路如犀角，自宋朝后被推举为天下第一，世称"廷珪墨"，有时也简称"廷珪"。苏东坡对笔墨纸砚有极高的鉴赏力和辨别力。有一次，有人拿出几小块墨来，苏东坡远远地一看，就知道那是廷珪墨。他说，事物莫不如此，只要看得多了，就能识别。"不知者如乌之雌雄，其知之者如乌、鹊也。"乌鸦与鹊鸟，知道的人一看就能辨别，不知道的人就以为的是雌乌鸦和雄乌鸦。

为了防止其他墨工盗用名号，生产假冒伪劣产品，苏东坡还挑拣了一些较为精良的墨块，在上面镌刻上了"海南松煤，东坡法墨"的印文，既向世人宣示了自己的知识产权，也相当于打上了品牌和标识。

半年后，到了年底，腊月二十三夜间，墨灶忽然失火，差点把房子烧着。幸亏扑救及时，才没酿成大祸。在打扫残灶时，又"得佳墨大小五百丸，入漆者几百丸"。

东坡非常满足，说："足以了一世著书用，仍以遗人，所不知者何人也。"此外，还剩下了一车松明，可以用于夜间照明。

可惜这些墨块，一年多后在苏东坡北归到广州时，由于所乘船只进水，有四篮子墨块被毁。

因为制墨成功，苏东坡写了一纸条幅，盛赞"松之有利于世者甚博"。他说：服用松花脂可以使人长寿，松节煮了可以酿酒，能够治疗风痹病，可以强壮腰足；它的根皮，吃了可以使皮肤有香气，如果久食，其香在下风处几十步外都能闻到；它的果实，可以滋养血分和骨髓，将果实研制为膏，放入酒中，可以使酒变得醇酽；它可以点火为烛，用来照明……产于西北的松树材质最好，名字叫黄松，其坚韧程度为百木之冠……如果不是被贬谪海南，闲居无事，反而发现不了这些物产的好处和精华呢！

再说这个墨工潘衡，后来被苏东坡推荐，去了南华寺，专门给寺里造墨。到了宣和年间，潘衡在江

中国古代制墨图

西一带卖墨，说自己曾在海南为东坡造墨，得其秘传，结果生意火爆，赚了很多钱。后来他又到了杭州，在杭州开起了专卖店。杭州人文富庶，又是东坡两度为官之地，当地士人更加珍重潘衡之墨，虽然墨价飙涨数倍，依然供不应求。

或许东坡已经意识到，自己已经60多岁的高龄，能够活在人世的时间已经不会太多。因此，在有了纸墨之后，他更加勤奋地创作，也开始总结自己的著述。他不仅修改订正了贬居黄州时写成的九卷《易传》和五卷《论语说》，还新撰了《书传》十三卷、《志林》五卷，为后世留下了珍贵的文化遗产。

东坡和陶

——

今天看来，东晋的陶渊明无疑是中国历史上最伟大的诗人之一。然而生前，他的诗作并没有受到重视，流传也不广。直到南北朝时梁朝的萧统加以搜集整理，编了《陶渊明集》，并为之写序作传，陶渊明才有了知名度，但后来此书也散佚了。到唐代，《王少伯诗格》论诗有五趣，把陶渊明的诗归于"闲逸"一格，并举了"众鸟欣有托，吾亦爱吾庐"一句作为证明。但唐代诗人更多的是把陶渊明看作一个隐士，而不是一个诗人。

陶渊明真正被文人们认可并推崇备至，同样始于苏东坡。陆游曾说："东坡在岭海间，最喜读柳子厚、陶渊明二集，谓之南迁二友。"

不过，苏东坡热爱陶渊明，却并非始于贬谪岭南时期。早在谪居黄州时，苏东坡在雪堂中，"起居偃仰，环顾睥睨"，怡然自得之余，就将自己比作陶渊明。他十分佩服陶渊明不为五斗米折腰、不为物欲所控制的人生态度。他写诗赞美陶渊明：

> 渊明求县令，本缘食不足。
>
> 束带向督邮，小屈未为辱。
>
> 翻然赋归去，岂不念穷独。
>
> 重以五斗米，折腰营口腹。

——《欧阳叔弼见访，诵陶渊明事，叹其绝识，叔弼既去感》（节选）

可以说，到黄州之后，陶渊明在苏东坡心目中的地位日渐提高。后来在扬州，东坡就和过陶渊明的《饮酒诗二十首》。在惠州时，东坡有一次在床上休息，听到儿子苏过在朗诵陶渊明的《归园田居六首》："少无适俗韵，性本爱丘山。误落尘网中，一去三十年……"东坡顿生感触，感到渊明所写，不都是自己今日口所欲言的心声、心所向往的生活吗？东坡当时心潮澎湃，从床上跃起，下了决心，要于扬州作《和陶饮酒二十首》之后，续作《和陶归园田居》。这可不是一般的宏愿啊！尽陶渊明一生所作的诗歌——到现在存下来的诗有121首，赋、文、赞、述等12篇，另外一些作品的真伪还不能确定——一一步韵和唱，这可不是说到就能做到的。

然而，东坡做到了。他成为中国文学史上第一个追和古人诗作的文学家。

东坡之和陶诗，且看一例：

> 少无适俗韵，性本爱丘山。
>
> 误落尘网中，一去三十年。
>
> 羁鸟恋旧林，池鱼思故渊。
>
> 开荒南野际，守拙归园田。
>
> 方宅十余亩，草屋八九间。
>
> 榆柳荫后檐，桃李罗堂前。
>
> 暧暧远人村，依依墟里烟。

狗吠深巷中，鸡鸣桑树颠。
户庭无尘杂，虚室有余闲。
久在樊笼里，复得返自然。
——陶渊明《归园田居》其一

环州多白水，际海皆苍山。
以彼无尽景，寓我有限年。
东家著孔丘，西家著颜渊。
市为不二价，农为不争田。
周公与管蔡，恨不茅三间。
我饱一饭足，薇蕨补食前。
门生馈薪米，救我厨无烟。
斗酒与只鸡，酣歌饯华颠。
禽鱼岂知道，我适物自闲。
悠悠未必尔，聊乐我所然。
——苏东坡《和陶归园田居》其一

在惠州的两年间，东坡作和陶诗几近百首。绍圣四年（1097）冬，东坡已在海南，他检点了自己在扬州和惠州的和陶诗，共109首，"至其得意，自谓不甚愧渊明"，并编集全部诗稿，寄给了在雷州的弟弟苏辙，要他作一篇序，并附信说：

> 古之诗人，有拟古之作矣，未有追和古人者也。追和古人，则始于吾。吾于诗人，无所甚好，独好渊明之诗。渊明作诗不多，然其诗质而实绮，癯而实腴。自曹、刘、鲍、谢、李、杜诸人皆莫及也。吾前后和其诗，凡百有九篇，至其得意，自谓不甚愧渊明。今将集而并录之，以遗后之君子。

在这封信中，东坡将自己和陶的本末，说得清清楚楚。所以苏辙后来在当年十二月十九日，东坡62岁生日那天，撰《东坡先生和陶渊明诗集引》，将这封信全部引入。

苏东坡为什么和陶？其实苏陶二人都深受儒家熏陶，崇尚个人道德，重视对社会的责任。陶渊明在《荣木》自序中说："总角闻道，白首无成。"在《咏贫士》中又说："朝与仁义生，夕死复何求。"而这样的话，在东坡的诗文中也屡见不鲜。即便在南迁的途中，东坡还有"许国心犹在，康时术已虚"的诗句，总之，两人都是"志士不忘在沟壑"的人物。此外，两人又都是皈依自然，努力放弃物质欲望，不为外物所奴役，看重精神自由的人。欲望淡泊，才能随遇而安，回归自然的生活；不向物质低头，才不会被贫穷所困，从尘网中解脱；不肯苟同于人，才会特立独行，有完整的人格气象——这些，都是他们相通的气息。因此，陶渊明可以说是苏东坡的隔代知音。苏东坡曾抄录陶渊明的大多数作品，并在作品后面有简短的评价，今天我们还可以看到《题渊明二疏诗》《题渊明饮酒诗后》《录陶渊明诗》《书渊明诗》《书渊明乞食诗后》《书渊明饮酒诗后》《书渊明诗二首》《书渊明述史章后》等题跋。在这些题跋中，苏东坡说："与渊明诗意不谋而合。""去之五百余载，吾犹知其意也。"他也从陶渊明的命运中看到了自己的影子："饥寒常在身前，声名常在身后，二者不相待，此士之所以穷也。"

关于这一点，李泽厚在《美的历程》中说道："苏轼在美学上追求的是一种朴质无华、平淡自然的情趣韵味，一种退避社会、厌弃世间的人生理想和生活态度，反对矫揉造作和装饰雕琢，并把这一切提到某种透彻了悟的哲理高度。无怪乎在古今诗人中，就只有陶潜最合苏轼的标准了……终唐之世，陶诗并不显赫，甚至也未遭李、杜重视。直到苏轼这里，才被抬高到独一无二的地步。并从此之后，地位便巩固下来了。"

在海南的数年中，东坡也一直和陶不辍，续有和作。至元符三年（1100）四月，闻赦命后，写成最后一首《和陶始经曲阿》止，共计124首，辑成《和陶别集》。

天容海色本澄清

元符三年（1100）正月，25岁的哲宗皇帝崩逝，由于没有子嗣，帝位由弟弟赵佶继承，是为徽宗。宋神宗的妻子向氏以皇太后的身份垂帘听政。二月，徽宗大赦天下，元祐诸臣开始内迁。

海南地处偏远，苏东坡得到哲宗驾崩的消息，已经是二月底三月初了。到了五月，朝廷的诰命终于下到儋州，苏东坡以琼州别驾，廉州（今广西合浦）安置，不得签书公事。

六月二十日，东坡登舟渡海，一夜无眠。扁舟夜渡海无涛，东坡倚着船舱，欣赏这茫茫的夜色。三更时分，月上中天，光照万里，海天一片澄明。东坡回想这起落浮沉、毁谤交加的一生，思绪如潮。

参横斗转欲三更，苦雨终风也解晴。
云散月明谁点缀？天容海色本澄清。
空余鲁叟乘桴意，粗识轩辕奏乐声。
九死南荒吾不恨，兹游奇绝冠平生。

——《六月二十日夜渡海》

大意是：不论怎样的狂风暴雨，总还有晴的时候；云散了，月亮就重现光明；天和海本来就是清澈的，就像高风亮节终将长留天地。虽然我在偏僻的岭海九死一生，历尽磨难，但我并不怨恨，因为不如此，我怎么会有海外奇游的机会呢？此时的东坡，心境恬淡。虽然命运又一次出现了转机，但他已看淡荣辱得失，看透了翻云覆雨的政坛，只希望余生能够散发扁舟，归隐江湖。

二十年前，苏东坡被谪黄州，在黄州的第一个中秋节，他曾写过一首《西江月》：

> 世事一场大梦，人生几度秋凉？夜来风叶已鸣廊，看取眉头鬓上。　酒贱常愁客少，月明多被云妨。中秋谁与共孤光，把酒凄然北望。

他在词中咏叹人生短促，事业无成，感悲世道艰难，人生寥落。一句"月明多被云妨"，道出了多少人生的险恶：苏东坡自幼就"奋然有当世之志"，是一个有抱负而不愿与世浮沉的人。但月明惹来云遮，才高招致人妒，他因谗言入狱，遭忌而谪。那是苏东坡人生中的第一次重大挫折，他不可能没有牢骚与怨愤。然而，二十年过去了，苏东坡再次经历人生的高峰与低谷，他已经更透彻地了解人生。到儋州之后，他很少再有恐惧和愁怨，他不再盯着那些遮蔽明月的浮云，他更相信胸怀坦荡，自会无愧于千秋。"云散月明谁点缀？"问的是迫害他的那些政敌们；"天容海色本澄清"，则是苏东坡的自谓之言。

曾见南迁几个回?

一

苏东坡于元符三年(1100)七月初四到达贬所廉州后,还没安顿下来,八月又得"授舒州团练副使,永州安置"的诰命,于是八月二十九日又匆匆上路,再次踏上旅途。此后在到达广州后,再接朝廷命令:复朝奉郎,提举成都玉局观,在外州军、任便居住。这是说,朝廷给予东坡优待,没有职事,但可以借道教宫观之名拿朝廷俸禄,而且不限制居所。

不必再远赴湖南,这是令苏东坡十分高兴的事。毕竟已经65岁高龄,东坡对长途跋涉已经疲惫,他急切地希望尽快安顿下来。

过了新年,正月初四,东坡坐着肩舆度大庾岭。在宋代,大庾岭对于官员来说,具有不同寻常的意义:一旦贬官岭南,就意味着政治生命的结束,很少有北还的希望。当时有民谚就说:"春循梅新,与死为邻;高窦雷化,说着也怕。"这里说的八个州,分别为今天的阳春、龙川、梅县、新兴、高州、信宜、雷州、化州,均在今天的广东省境内。环境的凶险恶劣，对于被贬官员，无疑是一种威胁。苏东坡七年前经此岭赴惠州，如今居然能活着回来，不禁感慨万千。

这时，岭上小店前一位鹤发童颜的老人，见东坡徘徊山岭，吟哦不绝，遂上前相认，果然是大名鼎鼎的苏东坡。老人激动地向前，指着一颗合抱的松树说："这就是您七年前过岭时种下的啊，已经这么粗了，还记得吗？七年了，我一直等您回来。听说这些年有人千方百计地陷害您，老天有眼啊，还是会保佑好人。"

东坡不胜唏嘘，赋《赠岭上老人》诗一首：

鹤骨霜髯心已灰，青松合抱亲手栽。

问翁大庾岭头住，曾见南迁几个回？

绍圣年间与苏轼一同被贬谪岭南的元祐官员们，到如今已经死去大半。东坡能活着回来，已经算是幸运。"曾见南迁几个回？"这句话透露出了东坡的欣喜。此时的东坡，或许也想过，自己也许会像在被贬黄州之后一样重新被任用？不过，东坡的一生，受够了政治的迫害，也看透了官场的翻云覆雨，他只想能够从此平平安安地走完余生。

（明）张路　东坡回翰林（局部）

吃"玉版"

——

苏东坡在北归途中,在虔州意外地碰到了刘安世。

刘安世,字器之,是东坡元祐初年在中书省共事时的同事。《宋史·刘安世传》记载他性格严谨、不苟言笑:"家居未尝有惰容,久坐身不倾倚,作字不草书,不好声色货利。"这就与东坡的自由不羁、随和放诞的性格产生了冲突。比如两人在元祐期间同朝时,苏东坡勇于为义,不大讲规矩,有时不免有点过了,刘安世便会用礼仪制度来约束、纠正他。再加上两人政治上不是同道,东坡很不喜欢他,曾经骂他是"把上"(乡巴佬)。然而,绍圣初年,在章惇的报复政策下,被流放至岭南的大臣中,处分最重的,一个是苏东坡,另一个就是刘安世。两人又可说是难兄难弟。

当时士人有很多传说,说刘安世的命硬。当初贬逐元祐党人时,宰相章惇等人常将贬逐处所的水土好坏与罪行的轻重联系起来。据说当时贬刘安世时,蒋之奇说了一句:"刘安世以前算命时,都说他的命很好。"章惇接过话头,就说既然他命好,"且去昭州(今广西平乐),试命一巡"。但是刘安世到了岭南后居然没死，章惇于是派了个使臣暗示他自杀，可这个使臣见到刘安世后，居然开不了口。于是章惇又派人在当地找了个地痞，告诉他："如果你暗杀了刘安世，我就封你个管税务的官。"可是，刘安世真的命硬——那杀手到了刘家门口，竟然在门槛上绊倒，吐血而死！

"温公之门多君子，一传而得刘器之。"刘安世以敢言直谏闻名，被时人称之为"殿上虎"。先前，刘婕妤因"色诱"哲宗，被刘安世上书弹劾。刘婕妤被立为皇后之后，章惇又翻起旧案，下令将刘安世关入囚车，押解京城问罪。可是没走多远，哲宗驾崩，徽宗即位，大赦天下，刘安世再次化险为夷。

年轻时的刘安世"饮量无敌"，酒量在朝中找不出第二人。然而，当他被贬往英州后，遇到一高僧教导他说："南方地气热，酒性也是热的；而岭南又是烟瘴之地，如果你再喝酒的话，必定会发恶疾。"刘安世听言，过了大庾岭后，就令全家戒酒，滴酒不沾。后来走遍水土恶弱、他人必死之地，刘安世一家都安然无恙。曾经嗜酒如命，如今滴酒不沾，这对于酒量不大却又天天离不开酒的苏东坡来说，实在是难以想象。因此，在苏东坡看来，刘安世命"硬"，但他对自己更"硬"，真是"铁石人也"。

两位同难者，如今又是同归的异乡人。经历了七年的流离，邂逅于虔州，彼此的评价与认识也都大不相同。严肃的人一般看不上自由散漫的人，刘安世曾经认为苏东坡有公子哥的习气，直到这次会面，他才说苏东坡"浮华豪习尽去，非昔日子瞻也"。

苏东坡与刘安世冰释前嫌，在虔州经常结伴出游。刘好谈禅，但不喜欢游山玩水。当时清明时节，山中新笋出土。

东坡想吃竹笋，便邀请刘安世上山游玩。可怕他不肯，便想出一个主意来。

这天，东坡带了两个随从，来到刘安世的寓所，告诉他说："山里有一个玉版长老，不知有没有兴趣前往参禅？"

刘安世闻言，屁颠屁颠地跟着东坡上了山。到了光孝廉泉寺，遍地都是新鲜的竹笋，东坡建议烧笋吃野餐。不一会儿，笋香满山，直扑口鼻。刘安世大嚼大咽，吃得津津有味，问道："这是什么笋啊？怎么这么好吃！"

东坡答道："这就是我说的玉版啊。此老僧最善于说法，要令人得禅悦之味。这味道还不错吧？"刘安世恍然大悟，原来是上了东坡的当！两人相视，大笑不止。

一笑泯恩仇

—

建中靖国元年（1101），在新的朝廷施政方针下，元祐大臣重新起用，唯有东坡与弟弟苏辙仍未得到任命。然而，无论就才识、资历，还是士林声望，在幸存的元祐大臣中，苏氏兄弟都首屈一指。人们都认为，东坡的复出只是时间问题。远贬黔州的黄庭坚，接到赦令后即赋诗：

阳城论事盖当世，陆贽草诏倾诸公。

翰林若要真学士，唤取儋州秃鬓翁。

黄庭坚认为朝廷发布新政，苏东坡理当得到重用。而熙宁初年即以上"流民图"反对变法而称名的郑侠，也将苏东坡比作上古贤相傅说，期望他"衣被华夷""霖雨苍生"。因这种种，东坡北归路上，所到之处无不前呼后拥，受到热情接待。

这时，关于东坡即将入相的传闻也在广为传播，甚至连章惇的儿子章援都对此深信不疑："迩来闻诸道路之言，士大夫日夜望尚书（指苏东坡）进陪国论。"

苏东坡北归回到京口（今江苏镇江）时，章惇已于前一年被贬到雷州半岛，他的儿子章援因安顿家属，不能随行，刚从浙东到京口。他深信苏东坡众望所归，定会拜相，也知晓父亲曾不遗余力地迫害过东坡，非常担心万一东坡拜相，出手报复，父亲将无生还的可能。

事实上，章援和弟弟章持，都是元祐初年苏东坡知贡举时录取的门生。按照当时的礼俗，门生之于座师，该终生敬礼。只是苏、章政见不合，章援在京时为帮父亲起复，奔走于时相刘挚之门，对于师门，早已断绝往来。既然师礼久废，章援也无面目前往拜见东坡。踌躇再三，他写了一封长达千字的信给东坡，替他的父亲章惇求情。信中写道：

> 南海之滨，下潦上雾，毒气熏蒸，执事者亲所经历，于今回想，必当可畏。况以益高之年，齿发尤衰，涉乎此境，岂不惴惴？但念老亲性疏豁，不护短，内省过咎，仰戴于上恩，庶有以自宽，节饮食，亲药物，粗可侥幸岁月。不然者，借使小有沾滞之情，悴于胸次，忧思郁结，易以伤气，加以瘴疠，则朝夕几殆，何可忍言？况复为淹久计哉。每虑及此，肝胆摧落，是以不胜犬马之情，子私其父，日夜觊幸。圣上仁慈，哀矜耆老，沛然发不虞之诏，稍弛罪罟，尚得东归田里，保养垂年。此微贱之祷，悲伤涕泣，斯须颠沛不能忘也。

客观地说，这封信感情深挚，的确是书信中的佳品。难怪东坡读完这封信后，回头对苏过赞道："这文字，司马子长（司马迁）之流也！"

不过，章援对东坡会出手报复的担心完全是多余的。此时的东坡，早已跳出了个人的恩怨，宽恕了章惇对自己的百般陷害，也不在意章援对于师门的忽视。他不仅将往日的恩怨一笔勾销，对章惇的遭遇也表示了同情。此时苏东坡在北归途中舟车劳顿，再加上饮食无时，中了暑热之疾，身体非常虚弱，但他强支病体，给章援回信道：

> 某与丞相定交四十余年，虽中间出处稍异，交情固无所增损也。闻其高年，寄迹海隅，此怀可知。但以往者，更说何益，惟论其未然者而已。……海康风土不甚恶，寒热皆适中。舶到时四方物多有，若昆仲先于闽客、广舟准备家常要用药百千去，自治之余，亦可以及邻里乡党。
>
> 又丞相知养内外丹久矣，所以未成者，正坐大用之故也。今兹闲放，正宜成此。然可自内养丹，切不可服外物也。舒州李惟熙丹，化铁成金，可谓至矣，服之皆生胎发。然卒为痈疽大患，皆耳目所接，戒之！戒之！某在海外，曾作《续养生论》一首，甚愿写寄，病因未能。到毗陵，定叠检获，当录呈也。

信的大意是：我与章丞相交往四十年，虽然政见有所不同，但无损于两人的交情。现在他年事已高，被贬到海边，心情可以想象。以前的事情，多说无益，现在要考虑的是未来的事情。……雷州那边的风土气候还不算太差，寒热适中，各地的物产也能跟着船运到那里。你们兄弟可以多备些药物过去，除了自己用，还可以给邻里乡党用。章丞相养生炼丹服丹药已经很久了，到今天还没有成功，正是因为他一直忙着其他的大事，现在正好闲着没事，可以好好地去服丹养生。不过只能炼内丹，千万不要服用外物。舒州李惟熙的丹药，是化铁成金的，可以说是登峰造极，服用之后可以生出胎发，但是最后却长出痈疽的大病，这都是我亲眼所见，千万要谨慎再谨慎！我在海南时曾作《续养生论》一首，很想抄下来寄给你，可是由于生病抄写不了，等我到了宜兴，一定会去找来，抄寄给你。

  这封信写于建中靖国元年（1101）六月十四日，苏东坡去世之前一个半月。后来没几天，苏东坡到常州之后，又强支病体，履行诺言，将自己写的《续养生论》抄寄给了章援。书信的亲笔真迹，直至章惇的孙子章洽手上，还珍藏着，时不时地出示给家中的客人看。

东坡之死

一

建中靖国元年（1101）六月十五日，东坡由靖江溯京杭大运河至常州，林语堂这样描述："他万劫归来的消息引起了轰动，沿路在运河两岸，老百姓表示发乎真诚的欢迎。他体力较佳，已然能在船里坐起，头戴小帽，身着长袍，在炎热的夏天，两臂外露。他转身向船上别的人说：'这样欢迎，看煞人也！'"

苏东坡这样说，其实是引用了一个典故：看杀卫玠。卫玠是晋朝人，他是传说中的中国古代四大美男子之一（另外三位分别是潘安、宋玉、兰陵王），西晋著名书法家卫恒的儿子。卫玠丰神俊朗，皮肤白皙，如白玉雕的塑像，美得不可方物。骠骑将军王济是卫玠的舅舅，也是个仪表不凡的大帅哥，可他总会感叹，和外甥在一起时，"仿佛身边有一颗明珠，把我衬得跟个猪头似的"。公元312年，卫玠从豫章郡到京都时，人们早已听说他的名声，出来看他的人围得像一堵墙。卫玠本来就身体虚弱，受不了劳累，最终得重病而死。当时的人说是看死了卫玠，此即成语"看杀卫玠"的由来。

所以苏东坡在这里用"看杀卫玠"的典故，以形容观众之多，是非常贴切的。而且，此时的苏东坡与卫玠一样，名高声远却身体虚弱。然而，他不曾想到的是，一语成谶，自己竟然像卫玠一样，也被"看杀"了。

东坡从海南一路北归，身体状态就不好。有人碰到北归途中的苏东坡，见他虽然气貌不衰，笑语无穷，但"面多土色，腐耳不润泽"，"黧面如铁，蓬首断髭"，显然已是疾病缠身。到常州时，东坡的病情日益加重。病是暑毒，在真州时就发病了。

这次北归，苏东坡前后有近一年的时间在舟车劳顿中度过，加之年岁已高，江南盛夏时节酷暑闷热，东坡体力不支。"某昨日啖冷过度，夜暴下，且复疲甚。""某食则胀，不食则羸甚。"他曾食黄芪粥止泻，一度稍有好转。但多年潜伏在体内的瘴毒，一旦发作，就不可收拾。东坡预感自己不久于人世，强为作书，请苏辙为自己写墓志铭。

抵达常州后的苏东坡住在好友钱世雄为他安排的孙氏藤花旧馆中。七月初，东坡上表请求致仕告老："今已至常州，百病横生，四肢肿满，渴消唾血，全不能食者二十余日矣，自料必死。"

重病中，东坡对钱世雄说：

> 吾年过耳顺，此事久相待，何所怖？独念吾与子由少时读书山中，如形与影。自奔驰宦海，不能频会。念故山风雨联床，何可复得？犹欲早谢世缘，欢怡晚节。不意命与祸会，垂老投荒。幸今日北归中原，而踪迹相左，至于老死，不及相见；濒海相逢，遂成长别，此实割肠也。

七月十八日，东坡召三个儿子来到床前，对他们说："吾生无恶，死必不坠。慎无哭泣以怛化。"

几天后，东坡病情稍有起色，似为回光返照。至二十五日，杭州径山寺长老维琳赶来探望，东坡作诗《答径山琳长老》：

> 与君皆丙子，各已三万日。
> 一日一千偈，电往那能诘。
> 大患缘有身，无身则无疾。
> 平生笑罗什，神咒真浪出。

维琳问东坡"神咒"指的是什么，东坡要来一支笔，写道："昔鸠摩罗什病亟，出西域神咒，三番令弟子诵以免难，不及事而终。"意思是说，当年鸠摩罗什病重的时候，曾经

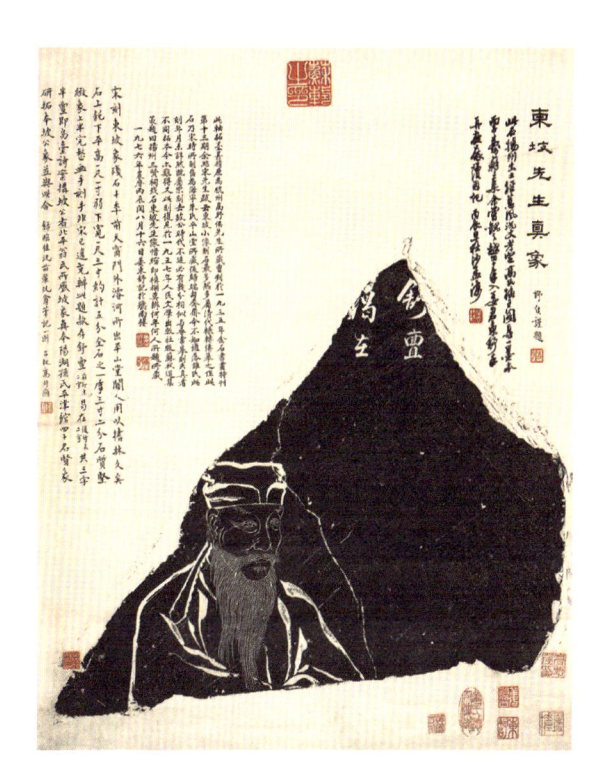

东坡先生真像图

拿出原版的梵文咒语,三番五次让弟子们诵念,希望以此消灾,结果弟子们咒还没念完,鸠摩罗什就死了。人之苦难,就在于有肉身,没有肉身就不会有疾病;既然有了这肉身,肉身的消亡是迟早的事,念咒有什么用呢?

写完,东坡又写了一帖子:

> 某岭海万里不能死,而归宿田里,遂有不起之忧,岂非命也夫?!然死生亦细故尔,无只道者。

七月二十八日,东坡听觉衰微。家人按照"属纩"的风俗,将一团新棉花放在他的鼻底,好看清他是否有呼吸。维琳在他耳边大声说:"端明勿忘西方!(学士,不要忘记来生!)"

东坡答:"西天不无,但个里着力不得。(来生也许有,但空想前往,着不得力啊。)"

在场的钱世雄见状也对着东坡大声说:"固先生平时履践,至此更须着力。(先生您平时谈佛谈来生,到现在了,更要加把劲,多想想来生。)"

东坡说:"着力即差。(勉强想就不对了。)"

钱世雄还是希望他在紧要关头别闹别扭,又说道:"端明平生学佛,此日如何?"

苏东坡曰:"此语亦不受。"

这是东坡留给这个世界的最后一句话。苏迈含泪上前问父亲还有什么要交代的,东坡一语不发,溘然长逝。